U0643608

每天读一点 爱上阅读 享受阅读

驼鹿敲门

Tuo Lu Qiao Men

【加】查尔斯·罗伯茨／著

山东城市出版传媒集团·济南出版社

图书在版编目(CIP)数据

驼鹿敲门／(加)查尔斯·罗伯茨著；王春玲改编.
— 济南：济南出版社，2020.6(2022.7 重印)
(每天读一点.世界动物文学名著.Ⅴ)
ISBN 978 - 7 - 5488 - 4347 - 4

Ⅰ.①驼… Ⅱ.①查… ②王… Ⅲ.①儿童故事—作
品集—加拿大—现代 Ⅳ.①I711.85

中国版本图书馆 CIP 数据核字(2020)第 098884 号

出 版 人	崔　刚
责任编辑	张伟卿　肖　震
装帧设计	张　倩
出版发行	济南出版社
地　　址	山东省济南市二环南路 1 号(250002)
编辑热线	0531 - 86131741
发行热线	0531 - 67817923　86922073　68810229
印　　刷	山东省东营市新华印刷厂
版　　次	2020 年 6 月第 1 版
印　　次	2022 年 7 月第 2 次印刷
成品尺寸	148 mm × 210 mm　32 开
印　　张	7.5
字　　数	114 千
印　　数	3001—15000 册
定　　价	29.80 元

(济南版图书,如有印装错误,请与出版社联系调换。联系电话：
0531 - 86131736)

【特别推荐】

让爱与生命同在

　　查尔斯·罗伯茨是加拿大现实主义动物文学的主要奠基人之一，他创造了"动物文学"这一术语，在 40 多年的创作生涯中，他运用现实主义手法，广采民间关于动物的寓言和传说，结合自己对野生和驯养动物细致入微的观察，共创作了 250 多篇动物故事，罗伯茨的写实动物故事着力探索了人与动物及自然之间的关系，开阔了人们的眼界和思维，影响着人们的认识和思想。

　　《驼鹿敲门》是动物文学作品中的一部经典之作，包括《驼鹿敲门》《情愿当狗的大熊》《灵沃克森林里的鹿王》《红斗鸡的鸣叫》《布兰尼根的玛丽》《奔向高峰的山羊》《召唤鹿角不对称的雄驼鹿》7 个故事，分别讲述了驼鹿、熊、红斗鸡、野山羊等动物与人类之间的故事。动物世界中充满令人感动不已的母爱、友谊，动物与人之间也有信赖、友爱。本书具有很强的可读性和教育意义，引发人们对动物、人与动物、人类本身的深深思考。

本书情感流露真实自然，将我们带入那个时代幽静深远的山林原野之中，它带着我们目睹了那些动人的情景：勇敢善良的女孩阿曼达收留了一头被饿狼追赶的驼鹿，在驼鹿的帮助下，不仅去救助别人，还从狼群中成功救回父亲；史密斯把一只小熊当成狗来养，小熊长大后，与人类建立了深厚的感情；布兰尼根和同伴饥饿至极也不舍得吃掉小驼鹿；瑞森老汉欣赏鹿王的机智勇敢，而后编借口放走了它……这些故事都令人潸然泪下。爱是世界上最美好的感情，它能跨越物种的界限，人与动物之间也可以有深厚的爱，爱让我们感觉到世界的纯净与美好，对生活充满信心。当然，书中亦不乏动物间为求得生存而展开激战的描写，而从中我们也更能体会到生存的不易和生命的可贵，因此更加热爱生命。

本书能让我们获得独特的阅读体验。随着城市的发展和经济的进步，人类和山林原野似乎已经隔得太远。描写野生动物的作品，能够展现出一个未知、崭新而开阔的世界，让我们深深地喜欢上那些可爱的动物，甚至会为它们与人类的相亲相爱泪流满面。当然，在不知不觉中我们也增长了知识，了解了那些野生动物的习性以及它们丰富多彩的生活。

今天，在我们身边，常常会看到人与自然不和谐的事情发生，有些人故意破坏自然环境，还有人伤害那些可爱的动物。令人欣慰的是，现在越来越多的人认识到了人类和大自然是相互依存的亲密朋友，只有我们热爱大自然，善待与我们共同居住在地球上的动物，我们人类才会有更适合生存的环境。

让我们一起用心阅读这本有趣的动物故事书，走进丰富多彩的动物世界，用心关爱大自然，真诚善待生命，让爱与生命同在。

目 录

 驼鹿敲门

灵沃克森林里的鹿王

红斗鸡的鸣叫

布兰尼根的玛丽

第五章　生死抉择 / 154

布兰尼根很激动，也很生气，因为杰克逊说出了他的心事，而且他曾极力放弃这个想法。接下来会发生什么呢？

第六章　营地老板的建议 / 160

杰克逊猛地放下茶杯，惊讶地看着老板。布兰尼根以为老板只是在说笑，他也跟着笑了笑……

第七章　幸运的玛丽 / 165

他略做思考，权衡了一下利弊，便强压住怒火，想说一些挽回面子的话……

奔向高峰的山羊

第一章　追踪大山羊 / 172

如果大山羊知道那个人正透过高倍望远镜仔细地观察着它，而且观察得一清二楚——那个人距离大山羊不过几百米的距离……

第二章　卓越的领头羊 / 176

大山羊吃饱了，翘起鼻子，机警地闻了闻从树林里散发出的气息。然后，它继续领着羊群向山下走……

第三章　羊与狼之战 / 181

年轻的母羊被狼堵在角落里，发出绝望的尖叫声。此时，大山羊眼睛里那种恐惧的神色消失了……

召唤鹿角不对称的雄驼鹿

驼鹿敲门

第一章　神秘来客

冰天雪地的时候，一般不会有不速之客，可是，确实是谁敲了一下门，声音沉重而含糊……

故事发生在一百多年前的加拿大，冬日里的大森林深处。

风雪终于停了，卡尔森家周围的空地，覆盖了厚厚的积雪，雪几乎要没过篱笆。

卡尔森家住在一排结实古老的木屋里，他们还有一排低矮的牲畜棚。高高的屋顶与低矮的畜棚，排成直角，从高处看像个大写的字母"L"。这时候，屋顶上的积雪被风吹走了，露出黝黑的底色，与周围的积雪形成鲜明的对比。这场雪可真大啊！窗子的上沿也快被雪淹没了。

持续两天的风暴刚结束，太阳又一次出现在空中，阳光一派懒洋洋的样子，并没有多少活力。天空看起来雾蒙蒙的，好像还有更多的雪要降下来。卡尔森家的房子前面有一块空地，大风把雪都堆在空地的一边，黑色冷杉树也抖落了树上的雪，成排地矗立在空地上。而空地的另一边，地上的积雪不厚，几棵树的树枝却被大雪压得垂到了地上。远处是被雪覆盖的森林，白茫茫的一片。

雪后的森林世界毫无生气，荒凉孤独，可木屋里面却很温馨，也不缺欢声笑语。主要房间是起居室、客厅和厨房，原本宽敞明亮，现在由于堆积的雪遮住了玻璃窗，室内像傍晚那样光线昏暗。不过，昏暗也有好处，正好能把荒凉和寒冷挡在门外。巨大的灶台里烧的是风干的桦木和枫木，呼呼地燃起温暖的火焰；在灶台敞开的通风处，一道红红的火光划过整个房间。灶台对面的墙上悬挂着抛光的锡罐，宽敞的壁架上摆放着一摞洁白的盘子和一个旧的蓝瓷大浅盘，火光照在锡罐和盘子上，不停地闪烁。

松木餐桌长长的，一端放了两把椅子。现在差不多快到中午了，远离城镇的森林地带的居民一般会在这个时间吃正餐。餐桌的另一端，卡尔森太太站在那里，忙着揉捏那盘面团，为一周的烘焙做准备。她是一位个子高挑的妇女，一头金色的头发紧紧地束在脑后，她面色红润，心地善良，只是脾气有些急躁。卡尔森太太把弄好的面团放进

烤箱之后，才开始准备自己和女儿阿曼达的午餐。炉子后面的黑锅里炖着腌牛肉和萝卜，香味弥漫在厨房温暖的空气中。

阿曼达站在门口，用力地跺着脚，她正把一片有些磨损的灰雁翅膀当成掸子，扫掉落在她蓝色毛线裙子上的雪。因为刚才的劳动，阿曼达那欢快的脸变得红扑扑；她戴了一顶漂亮的毛线帽，浅黄色的头发有几撮任性地跑到了帽子外面。她把毛线帽往下拉了拉，一直拉到眼睛上面，一双蓝色的大眼睛显得更加明亮灵动；她那笔直而又精致的小鼻子，高高地向上翘着。

现在她的鼻子似乎要翘到空中了，那动作像是一个快乐的入侵者。阿曼达一边吸着空气里的香味，一边将跑出来的卷发重新塞进帽子里。她刚才一直在铲雪，以便弄出几条能走的路，尽管费了很多力气累得气喘吁吁，她看起来像很享受的样子，满脸笑容。

铲雪的任务很艰巨，必须铲出几条路，从木屋到畜棚，从畜棚到井边，然后再从井边回到木屋。这样高强度的劳动也难不倒阿曼达，她本来就是个很能干的人，有着年轻人的热情，而且现在又结束了几个月的教学生活，刚从遥远的居民区学校回到家里，压抑不住心底的兴奋，因此干起活来更轻松。那把大木头雪铲被阿曼达扔在刚才进门的地方，铲头上面还粘着一些小雪块儿。

"妈妈!"阿曼达欢快地喊道,"铲雪比我教学生 10 乘以 10 有意思多了，你瞧瞧我铲出的路，简直棒极了! 我想它们无论如何都会坚持到下一次暴风雪来临!"卡尔森太太笑了笑，没顾得上看女儿，因为她正忙着做面包，她把面团分成小块，装进黑色烤箱里，她的动作灵巧娴熟。

"好了，快把雪铲捡起来，放到木箱后面，你从哪儿拿的再放回哪儿。住在布莱恩居留地，在学校教书，也一点儿都没改变你。你希望自己将来有了孩子，在你身边跑来跑去，拿东西的时候像你一样，毛毛躁躁的?"

听到妈妈的话，阿曼达低下了头，看到雪铲被随意扔在地上的样子，她有点不好意思，却又不以为然。她轻轻地踢了雪铲一下，然后捡起来，规规矩矩地把它放回到木箱后面。阿曼达转过身，朝向母亲这边，像小孩子想要得到奖励一样，指着放好的雪铲说："妈妈，你看看那里吧！现在我想吃点儿饭。我快饿死了。"

"饭都做好半个小时了。"母亲一边回答，一边又把一盘面团放进了烤箱里。"曼蒂（阿曼达的昵称），你先把饭盛好，我一会儿就来。"阿曼达扯下头上的毛线帽，扔到厨房另一边的一把椅子上，接着把双手放在两鬓旁，把头发扎起来。然后她才拿起一把勺子，兴冲冲地揭开了煮饭锅的锅盖。

就在这时候，响起一声敲门声。阿曼达听到这奇怪的敲门声，愣住了，她放下了手中的锅盖。卡尔森太太正准备轻快地关上烤箱门，听到敲门声，也停了下来，低声喃喃自语："天哪！是谁在门外？"冰天雪地的时候，一般不会有不速之客，可是，确实是谁敲了一下门，声音沉重而含糊，紧接着传来一阵模模糊糊的声音，像是刮擦摸索发出来的。

天性大胆的阿曼达朝门口走了两三步，接着，她又停了下来。门外肯定是谁想进来，她也想不出神秘的来客会是谁。刮擦摸索的声音还在继续着，夹杂着几声轻轻的敲击声，听起来又不像是故意弄出来的声音。随后，门闩槽里笨重的门闩被抬起了一半，对方像是对开门的方法很熟练似的，试图把门打开。阿曼达愈发惊讶，伸直了脖子，柔软的头发散在雪白的脖子上，此刻似乎也变得有些僵硬了。

"曼蒂，可不能去开门!"母亲低声说道，同时迅速来到炉子边，靠近阿曼达，紧紧抓住她的胳膊。

灵犀一点

　　阿曼达热爱劳动，而且非常大胆。勤劳勇敢、吃苦耐劳是优秀品质，也是成为一个优秀的人不可或缺的素养，我们要在生活中注意培养这些优秀品质。

第二章　鹿角掉了

瞄准目标并不是卡尔森太太的强项，何况在关键时候，阿曼达又抓住了她的胳膊……

阿曼达天性中孩子气十足，她的勇气被激发起来，情绪高涨。

"妈妈，你就别胡思乱想了!"她低声回应道，"可能是谁快被冻死了，倒在了地上，隔着门太远，所以敲门声不太正常。我们得开开门。不开门是不道德的!"阿曼达一边说着，却跑进了里屋，再出来的时候，手里多了一杆步枪。阿曼达在向门口走的过程中，镇静地打开枪的后膛，看看子弹是否安装正确，随后，她"啪"的一声合上，如果需要的话，她会用更响亮的声音警告来访者。

妈妈用强烈的语气阻止她开门，阿曼达没有听从命令，她伸出左手，准备打开门闩，同时，远远地躲在门后，迅速举起步枪架在肩膀上，做好了充足的准备。阿曼达的手指还没碰到门，门突然开了，门闩从插槽里出来的方式非同寻常。阿曼达一惊，第一反应就是猛地一甩，把门关上，试图把神秘的来访者挡在门外。

这个念头在心中一闪，她还没来得及行动，来访者已出现在眼前。看到来访者，阿曼达目瞪口呆！一头巨大的驼鹿站在她面前。

驼鹿几乎挡住了整个门口，两只鹿角高出上面的门框一大截，它低下头，正试探着想把头伸到大门内。

"打死它！打死它！"卡尔森太太大喊着，"它是想进来伤害我们的！听我的，打死它！"

阿曼达却放下枪，禁不住爆发出一阵大笑，她的笑声缓解了刚才的紧张，刚才的严峻局面虽然很短暂，也是紧张得令人呼吸急促，也许阿曼达自己并没有意识到。阿曼达有很丰富的动物知识，而且她喜欢所有的动物，不管是野生的还是被驯养的，她都喜欢。她伸出手来，轻轻拍打着驼鹿的嘴巴，那张嘴向前伸着，似乎在请求得到什么。

"妈妈，你要我打死它吗？你可千万不要这么说！我怎么能打它呢？你看它现在还吓得浑身发抖呢！刚才一定是什么东西一直在追它，它来向我们寻求保护。像它这样体型巨大的动物都被吓坏了，追赶它的会是什么呢？"

这时候，卡尔森太太已经镇定下来，她对自己刚才被吓坏的样子很不满意，有点生自己的气，当然这一切都是因为眼前的动物。

"曼蒂，如果你刚才因为头脑不清醒，没有开枪打这个大家伙，那现在也该把它赶出去，快点把门关上！实话告诉你，我可不会放它进来，让它糟蹋屋里的东西。现在赶紧关上门吧，你把外面的寒气都放进来了！"

阿曼达看了妈妈一眼，更开心地笑起来。

"妈妈，就算你想让它进来，它也进不来呀！你看，它的鹿角比门还宽呢！我想它一定是被驯养过的驼鹿，养它的人很宠爱它，一座房子对它来说意味着友好和安全。"

阿曼达一边抚摸着驼鹿，一边低声安慰它："好了！

你可真是来对了地方。我想知道到底是什么东西把你吓成这样?"

大驼鹿的肚子两侧依然一起一伏鼓动着，它吓得还在发抖，但阿曼达很清楚，它知道自己安全多了，因为觉得自己已经找到朋友了。它伸出那长得奇特的上嘴唇，擎在空中，半卷着，试图抓住阿曼达褶皱的裙子。门闩自动提起的谜团终于解开了，原来是好奇的驼鹿一直在用嘴拉绳子。

阿曼达只顾高兴地打量着自己要保护的动物，有一两分钟没说话，她的妈妈仍然情绪激动，正想如何处置驼鹿。这时，阿曼达开口了，她要先发制人，免得妈妈再要求自己打死它。

"啊！你看看。"阿曼达大声喊道，"妈妈，我跟你说过，它是一头被驯养的驼鹿。你看，它被人套上挽具骑过。你再看看它的肩膀，有摩擦过的痕迹。简直是太可爱啦！不知道这个可怜的宝贝能不能吃些燕麦片呢?"

阿曼达从桌子上抓起一个盘子，向装燕麦片的桶跑去，她装了满满两大勺粗糙的金色燕麦片。卡尔森太太因为知道了这个动物真是驯养过的，现在心情好多了，但还是小心地站在一旁，看着女儿把一盘燕麦片送到驼鹿的嘴边。驼鹿轻轻地闻了闻，没弄明白是什么东西，就疑惑地喷了一口气。很多燕麦片被吹落到地上，有的吹到了阿曼达的裙子上面。过了一会儿，驼鹿似乎拿定了主意，觉得盘子里的东西可以吃，就弯曲膝盖，放低了身子，开始贪婪地舔着燕麦片吃起来。为了能更方便地吃到食物，它把头歪向一边，把那只巨大的鹿角向门里边探进一点点。

卡尔森太太很爱干净，看到撒了一地的燕麦片，她实在无法忍受。阿曼达对驼鹿闯的祸欢呼雀跃，还咯咯地笑不停，卡尔森太太受到刺激的神经对阿曼达的笑声更是受不了，她把愤怒都发泄到眼前的大驼鹿身上。她冲上前去，大喊着："滚出去，你这头肮脏的野兽!"她一把抓起那个木制的土豆捣碎器，阿曼达还没来得及阻止她，卡尔森太太就把土豆捣碎器朝驼鹿的鼻子挥去。

瞄准目标并不是卡尔森太太的强项，何况在关键时候，阿曼达又抓住了她的胳膊。这一下没有打中驼鹿的鼻子，却打在了它伸进来的鹿角上，打中了那繁多的枝杈中的一支。这一下打得可真厉害!卡尔森太太心地善良，虽然是在气头上，也只是想吓唬一下驼鹿，没想到结果会如此严重。她发出一声惊恐的尖叫，丢掉手里的土豆捣碎器，紧缩着身体。阿曼达心疼极了，忍不住呜咽起来："妈妈，妈妈，你怎么能这么做啊?"

驼鹿被卡尔森太太的攻击吓坏了，它突然一歪身子倒下了，用力缩回头部，鹿角完全被扯了下来，不偏不倚落在了卡尔森太太的脚旁边。鹿角带肉的那一端布满了小血滴，卡尔森太太吃惊的眼神中夹杂着恐惧，她差不多要哭出来了，喊道："曼蒂，我不是故意的！我怎么知道鹿角那么容易就掉下来啊！"

灵犀一点

卡尔森太太是个心地善良的人，惊慌失措中把驼鹿的角打掉了。我们遇到事情要尽量保持沉着冷静，不要轻易动怒，这样才有利于解决问题。

第三章　进入畜棚

　　如果它是匹马，你就骑着它；如果它是头牛，你就牵着它。阿曼达如何把驼鹿带进畜棚呢？

　　驼鹿受伤了，它对自己的伤势却表现得很镇静，用力摇了摇头，像是有只蜜蜂叮了它一下似的。驼鹿再一次把鼻子伸向阿曼达，似乎是渴望她的爱抚，它好像并没注意到自己掉了角。阿曼达想起来了，这个季节正是驼鹿开始蜕角的时候，她悬着的心放松下来，脸色也缓和了，想到这一点，阿曼达几乎想放声大笑，但她竭力忍住笑，心想让妈妈多后悔一会儿也不错，谁让她刚才那么凶呢！

　　"可怜的家伙啊！"卡尔森太太自言自语，一边捡起掉下的鹿角，恭恭敬敬地把鹿角靠在墙上，她低头沉思着，好像要重新把鹿角安到驼鹿头上。"对我来说，它算是善良的动物，不能因为它掉了鹿角，就觉得它丑了。曼蒂，要不咱们弄点儿羊肉放在鹿角原来的地方吧？"

"妈妈，我觉得用不着这么做！"阿曼达回答道，"你看，天都这么冷了，不会有苍蝇围着伤口转。再说毕竟它伤得也不是很重，冬天正是鹿蜕掉角的季节，无论如何它都要在春天之前掉鹿角啊！鹿角还会再长出来的。"

"啊，看把我吓得，把这事忘了！"卡尔森太太大喊起来，听语气像是获得了巨大的安慰。"我觉得，我还是伤到它了。你看，伤口都肿了，它肯定很疼。如果有人这样对待我的话，我还不知道被吓成什么样子呢！"

阿曼达终于忍不住了，爆发出一阵响亮的笑声，笑声把驼鹿吓得向后一缩。

"好了！好了！孩子。"妈妈装出有点不耐烦的样子说道，"你知道我的意思就行了，我真的没想伤害它。你要是想把这头大驼鹿拴到畜棚里，就赶紧去吧，别整天让我等你吃饭。"

阿曼达深思熟虑了一番，回答道："但是，我完全不知道怎样把它弄进畜棚啊！"

"哎呀，"卡尔森太太说，"如果它是匹马，你就骑着它；如果它是头牛，你就牵着它。它到底是什么？这要你来决定，你是个老师，应该知道怎么决定这些事情。天这么冷，趁着我们还没冻僵，赶紧去吧！"然后，她果断地转过身，盛饭去了。

"当然了！"阿曼达有理有据地说，"它是有点儿像马，但更像牛，它看起来好像不大好骑，我还是试试牵着它吧。妈妈，请给我一根晾衣绳，它可是一头鹿啊！"

卡尔森太太找来晾衣绳，又拿来阿曼达的毛线帽，给女儿戴在头上。阿曼达是在农场长大的，知道如何去牵一头大牲畜。她用一种特别的方式，先把绳子系在驼鹿的脖子上，然后再绕过它的嘴，形成马笼头的样子。在这个过程中，驼鹿一直很耐心很顺从地配合着，这说明它已经习惯了这种做法。系好之后，阿曼达双手用力地推了推驼鹿的大额头，想让它离开门口，驼鹿立刻照着她的话去做了。阿曼达转过身，准备领着它走过刚才铲出的小路，去往畜棚。驼鹿紧紧跟在她身后，笨重的大嘴伸在她的肩膀上方。

快要到达畜棚的时候，驼鹿抬起头，猛地吸了一口气。阿曼达顺着它的目光望去，白雪覆盖的山岭上，三个灰色的影子一闪而过，鬼鬼祟祟地钻进了树林，有一个还停下来回头观望。

"是狼！"她提醒身后的驼鹿，"那就是刚才追你的东西吧？不过，现在不用害怕它们了！"她猜测，那几只匆忙逃跑的狼，不久前一直在骚扰和追赶这头大驼鹿，却又害怕它的蹄子和鹿角，想等它疲倦了没有力气保护自己的时候，才敢上前。很明显，狼现在没有心思再冒险跟踪猎物了。

　　驼鹿狠狠地瞪着那几个消失的对手，几秒钟后，温顺地跟着阿曼达走进了畜棚，这是马和牛的领地。杰瑞是一匹红棕色的老马，阿曼达小时候就骑过。杰瑞看到这个高大的陌生来客，在畜棚中发出好奇的声音；那两头黑白相间的奶牛，哼哼了几声，就退到了柱子边上。驼鹿对它们的反应毫不在意，对它来说，跟牛马住在一起，是很平常的事情。阿曼达把驼鹿拴在干草堆旁边，这样它就可以自给自足。然后，她搓着自己冻僵的手指，迫切地想回到屋里，以抵御这刺骨的寒风。阿曼达迅速跑到屋子里，妈妈已经坐在饭桌旁等着她了。

"那个美妙的大家伙，正好当作送给爸爸的圣诞节大礼物啊！"阿曼达兴奋地喊叫着，一边轻轻地梳理着有些凌乱的头发，然后洗了洗手，才坐到饭桌旁。

"我倒想看看，你爸爸会觉得那家伙有多好！"卡尔森太太怀疑女儿的想法，她有些不满地解释道，"它会用长腿跨过所有的栅栏，把爱吃的东西都吃光，我可不想看到这样的场景！曼蒂，你怎么净喜欢些稀奇古怪的动物呢？要是我，我宁愿你给我一匹不会跳的好马，或者这样的一头好牛，哪怕是一条狗也行啊！"

"哎呀，妈妈，那些动物我也喜欢啊，你知道的。"阿曼达高兴地附和着妈妈的话，然后转换了话题。

灵犀一点

驼鹿是世界上最大的鹿科动物，外形与骆驼相似。成年驼鹿的角每年脱换一次，2月中旬至3月底脱落旧角，大约一个月以后即长出新角。

第四章　别人的困境

无论我多么希望医生能早点到，他最快也得明天早上才能赶到那里。这期间，很难想象会发生什么事情……

再过两天就到圣诞节了，还要为平安夜准备很多东西。约翰·卡尔森一般都是在圣诞节前一天回家，他结束黑河木材营地的工作，然后长途跋涉赶回来，刚到家的他总是精神抖擞，面色红润。

卡尔森太太和阿曼达忙活了一下午，一直在做馅饼，南瓜馅儿、苹果馅儿、肉馅儿的都有。还要在大锅里倒进猪油，炸香喷喷的金棕色面团，炸了一盘又一盘，似乎没完没了。母女两个都不怎么关注外面的世界，不知道风暴带来了厚厚的雪，已经覆盖了森林中所有的道路，但她们知道，这场风暴肯定会对卡尔森的雪地靴有影响，妨碍他赶路的速度。水银温度计显示，气温一直在零下 20 摄氏度左右，木材营地离家 65 公里，冒着严寒跋涉这么远，意味着什么呢？卡尔森片刻也不敢停留，艰难地穿过这片冰雪覆盖的土地。回到家，他会先在门口踢掉脚上的雪地靴，不耐烦地擦掉胡子上的冰碴，然后才会拥抱妻子和女儿。卡尔森太太和女儿都不担心，因为他肯定会按时回家过节，这么多年来，卡尔森从来没有让她们失望。

阿曼达忙得不可开交，没空去想那头巨大的驼鹿。太阳快落山的时候，她和妈妈出去给牲畜准备过夜的饲料，这时，她发现驼鹿正试图撞掉剩下的那只鹿角，大概它觉得头上留着一只鹿角不均衡这是很烦恼的事吧。它终于如愿以偿，另一只鹿角也掉下来了。驼鹿把自己弄成现在这个样子，获得了卡尔森太太由衷的称赞，她跟阿曼达说，驼鹿没了角比只剩一只角看起来"更加自然"。卡尔森太太站着端详了一下驼鹿，然后弯下腰，抚摸它；驼鹿也很信任她，用它那灵巧的大嘴巴轻轻地咬着她的围裙。阿曼达看出，驼鹿已经在家里确立了地位，她知道，妈妈一旦接受了驼鹿，就会像爱护老马和那两头黑白奶牛一样。

第二天早晨，天空蔚蓝，万里无云，但依然冷得彻骨。阿曼达很想把驼鹿套进挽具里试试，她想象着，给那头大公驼鹿套上挽具，一定会很新奇很刺激。然而，家里还有很多事情没做，妈妈正等着她做葡萄干布丁呢！想到自己还有给葡萄干去核的艰巨任务，阿曼达叹了口气，开始干起活来。好在她很快从葡萄干上得到了一些乐趣，因为葡萄干味道香甜，果肉很多，这是在布莱恩居民区能吃到的最好的葡萄干。

盛葡萄干的盘子很大，因为卡尔森能吃很多布丁，这也是他很喜欢吃的东西。阿曼达想快点完成葡萄干去核的活儿，可还没干完一半就被打断了，连葡萄干也被忘在一边。

门外突然传来激烈的敲门声，在卡尔森太太去开门之前，那声音一阵又一阵地传来。来访者是个长相英俊的小伙子，他把雪地靴脱在外面，进门前摘下那顶深深的黑色皮帽，好像进门是一件很隆重的事情。卡尔森太太赶紧拿了把椅子让他坐下。这时候,阿曼达已经停下了手中的活儿,她抬起圆润雪白的胳膊,整理了一下头发,冲着年轻人笑了笑,表示热烈欢迎。

　　来客的打扮很像伐木工人,他穿着厚厚的粗花呢衣裤,一双伐木工特有的牛皮高筒靴,但是当他解开厚重的夹克,领口处便露出了新的亚麻衣领,上面还扎着考究的领带。年轻人的脸虽然长得硬朗,却还没摆脱孩子气,眼睛透着坦率的神情,浓密的胡子被精心修剪过。他跟阿曼达彬彬有礼地打招呼,从他的口音可以断定他可能来自伐木营地,不过从他的言谈举止判断,他绝不是一个伐木工人。

　　"外面的天气可真冷啊!你不离火堆更近一点吗?"卡尔森太太热心地建议道。

　　"不用了,谢谢。我现在还不是太冷,就是手指头冻得有点儿麻木。"来客一边回答,一边摘下羊毛织的连指手套,搓着手。阿曼达注意到,他的手健壮有力,而且保养得很好。"你是卡尔森太太,对吧?"他继续说道。

　　"我叫艾里克·罗斯,刚从福尔克斯溪的杜诺瓦曹营地过来。我本来想顺便拜访一下克里明斯家,也幸亏我去了,我发现他们一家情况非常糟糕:克里明斯太太病得很重,她可能得了肺炎或者是类似的病,没人帮助她。家里只有一个三岁的小儿子和年老体弱的老祖父，老人和孩子一样，也需要人照顾。"

"啊！"阿曼达惊讶地喊出了声，她把盛葡萄干的碗放在桌子上，去洗了洗手。小伙子的眼神追随着她，他很快开始欣赏这个姑娘了。

"天哪！那简直太糟糕了！"卡尔森太太担心地说，"那个老头可是又聋又瞎啊！"

"我尽量帮他们干了点活儿，"罗斯继续说道，"现在我正想到居留地那里，赶紧去找位医生。无论我多么希望医生能早点到，他最快也得明天早上才能赶到那里。这期间，很难想象会发生什么事情。我来这里，本来是想找个人去照顾一下那可怜的一家人，看来这个想法根本无法实现。任何一位女士都无法独自撑过刚才我走过的那段路，24 公里的距离，而且冰雪覆盖，非常难走。"

卡尔森太太看了看小伙子，很无奈地搓着双手。

"天哪，"她苦恼地低语道，"可怜的南希·克里明斯！如今遇到这样的困难，我们却一点儿忙都帮不上。快点，曼蒂，赶紧把罗斯先生的衣服拿过来，你刚才放哪儿了？"卡尔森太太看到小伙子起身要走，神情坚定地劝阻他，"你再等两分钟吧！喝杯热茶再走，这样能走得快一点，在冰天雪地里能多坚持一会儿。"

　　从这里到布莱恩居留地，还有足足40公里，罗斯觉得卡尔森太太的建议很明智，就又坐回到椅子上，揉着自己小腿上僵硬的肌肉。不过，他发现阿曼达并没有去为他准备热茶，而是从卧室门旁的黄色衣柜里，拿出一件厚重的浣熊皮外套。

　　"孩子，你这是要干什么?"卡尔森太太尖声呵斥女儿，声音里透露出焦急。

　　"我想去照顾克里明斯太太，直到医生来。"阿曼达平静地回答。

　　"不行! 曼蒂，你不能走出这个屋子!"妈妈更加严厉地命令她。

灵犀一点

　　送人玫瑰，手留余香。善意折射出高尚，爱心唤醒光明。无论何时何地，我们都应拥有善意，奉献爱心，特别是给予那些需要帮助的人。

第五章　与驼鹿同行

卡尔森太太是虔诚的宗教信徒，而且还有点儿迷信，阿曼达最后一句话起到了决定性作用……

阿曼达现在快 22 岁了，她在布莱恩居留地的一所学校工作，大家都知道，她把那个原本混乱的学校管理得井井有条。可在妈妈面前，她还经常像个任性的孩子，现在阿曼达跟妈妈说话的语气却很庄重。

"妈妈，你知道我肯定会去的！"她目光坚定地看着妈妈，"我不能不管可怜的克里明斯太太，她可能会死啊！我怎么能舒舒服服地在这里给葡萄干去核呢？"她停了一小会儿，继续说，"妈妈，求你了，你赶紧给罗斯先生一杯茶，然后过来帮我准备一下吧！"

阿曼达的话中透着一种坚决的语气，卡尔森太太立刻照做了。她匆忙倒好茶，同时却又被吓得几乎要哭出来。

"曼蒂，你为什么这么任性啊？"她呜咽着说，"你根本不可能到达那里。你明明知道，没走几步就会被困在雪地里，一会儿你就会被冻僵！再说了，你爸爸回家发现你不在，他会怎么想啊？"卡尔森太太突然转向那个年轻人求助，"罗斯先生，你赶紧劝劝她吧！告诉她不必去尝试了，她根本做不了这事儿。说不定她会听男人的话！"

罗斯正用崇拜的眼神看着阿曼达，听了卡尔森太太的话，他从椅子上站起来说："请允许我说几句，卡尔森小姐，恐怕你母亲说的没错。我能理解你的心情，你的勇气更是值得赞扬，但是你不可能独自骑着马穿过那些雪堆，到时候你可能还是不得不放弃。"

阿曼达不服气地摇摇头，她宣称："如果我想去的话，我也可以穿着雪地靴，像你一样走过那段路，24 公里算什么！"

罗斯犹豫了一下，他不想让居住在森林中的母女惊慌，但他又不得不坦诚相告。

"我相信，既然你这么说了，就一定能做到。"他解释道，"但是，今年冬天这周围有狼出没，在过去的 50 年中，这里根本没有狼，奇怪的是它们又回来了。"

罗斯说到这里，觉得问题已经解决了。卡尔森太太把热乎乎的浓茶放在他面前，露出赞同的神色。

阿曼达非常平静地回答："我知道狼已经回来了。"

罗斯和卡尔森太太都惊讶地看着她。"你自己看起来也并不在乎那些狼啊！"阿曼达继续说道。

罗斯用一种孩子气的姿势，把夹克扔到身后，拍拍腰带上插的两把手枪，说："要是它们敢找麻烦的话，我用这个对付它们！"

阿曼达说："我真的一点儿都不担心那些狼，它们只是些偷偷摸摸的畜生罢了，我昨天就看到三只狼在空地边上鬼鬼祟祟，它们一看到我就跑了。而且，我会带上温彻斯特步枪，我也会用枪啊！我现在考虑的不是狼，妈妈，现在我就去把我的驼鹿拴到箱形雪橇上，看看它的长腿会不会拉着我走。如果驼鹿不拉我，我就松开缰绳，继续踩着雪地靴赶路。妈妈，正是因为知道我们需要驼鹿，上帝才把它送给了我们！"

在阿曼达脑海中，浮现出驼鹿拉着雪橇的画面，也许它曾经多次拉着雪橇在白雪覆盖的森林中穿行吧！

卡尔森太太是虔诚的宗教信徒，而且还有点儿迷信，阿曼达最后一句话起到了决定性作用，虽然卡尔森太太还是认为狼很可怕，但她不再反对阿曼达了。

罗斯对卡尔森太太的转变感到很惊讶，但他也明白，不能试图阻止这个坚定的姑娘。他突然有一种莫名的自信，他断定自己第二天会在克里明斯家见到阿曼达，这个想法让他感到有些兴奋。

罗斯喝完茶，开始启程了，他把帽檐拉低，盖住耳朵，穿上长筒靴，像一个习惯在雪地上行走的伐木工一样，开始了漫长而艰辛的旅途。

"他可不是什么伐木工，"卡尔森太太看着罗斯离开，开始评头论足，"不过，他到底是干什么的，恐怕就只有他自己知道了。"阿曼达很赞同母亲的判断，她嘴上没说什么，只是忙着把一双厚厚的羊绒袜套到脚上。

阿曼达对这头驼鹿的感觉非常正确，它已经完全适应了被人驾驭。很明显，在某个遥远的农场上，有人是把它当作小牛犊或者宠物一样养大的。它自己也很顺从，很喜欢听从指挥。阿曼达发现好像没人训练过驼鹿用马具，她就用缰绳把它强拴到马笼头上。然而，她发现根本用不着，对于她发出的"左转""向右""起来""快走"等命令，驼鹿像一头训练有素的公牛那样听从指挥，甚至比最聪明的公牛还要温顺听话。

阿曼达坐在坚固的箱形雪橇中，腿上放着一块热乎乎的保温砖，穿得厚厚的，把整个身子都缩在一件老式的野牛皮大衣里。她手上带了一副连指手套，厚厚的白色羊毛围巾在脖子上缠了好几圈，她的脸透着红润的光泽。

阿曼达发现自己很享受这段旅程，尽管克里明斯太太生病这件事让她又焦急又伤心。阿曼达现在很兴奋，因为她很容易就能控制大驼鹿，这个新奇雄壮的大动物实在太得心应手了。

雪地上留下了驼鹿宽大的脚印，一串串脚印像是雪地靴踩出的，这似乎让驼鹿感到情绪高涨，它用有力的肩膀和大长腿拉着阿曼达走过积雪覆盖的路。如果是一匹马，恐怕早就绝望地放弃了。

驼鹿拉着雪橇一路前行，速度不是很快但脚步稳健，箱形雪橇里的指挥者舒服地蜷缩着。有时候，驼鹿加快了步伐，雪橇的底部离开雪地很高的一段距离，仿佛要飘浮起来，阿曼达觉得自己像童话里的圣诞老人。

灵犀一点

办法总比困难多，去往克里明斯家的路困难重重，阿曼达还是想办法解决。面对困难，我们不应该逃避，而应该正视它并努力去克服困难。

第六章 恐怖的尖叫

正在这时，一种恐怖的尖叫打断了她的话，这种声音半是咆哮，半是喊叫，会是什么声音呢？

路上没发现狼的踪影，下午两三点的时候，阿曼达安全到达了克里明斯家。

阿曼达发现，克里明斯太太因为病痛、高烧和焦虑，快神志不清了，她的孩子在一边大哭，那位佝偻的老人一边喃喃自语，一边摸索着往炉子里填柴，木柴还是罗斯劈好放在炉子后面的。

眼前的情景异常凄凉，阿曼达心里暗自庆幸，幸亏自己当初坚决要来这里。她到来后，马上就出现了奇迹。在她的安抚下，孩子不哭了，病重的克里明斯太太也缓解了焦虑，有了阿曼达的帮忙，老人也清闲了，他在椅子上打起盹来。这里要做的事有很多，忙得阿曼达连思考的时间都没有。等到一切都收拾停当，都快深夜了，孩子在带轮子的婴儿床上睡着了，老人也进了他那间放着橱柜的小房间。阿曼达终于可以坐下来休息，她才开始觉察到，自己已经精疲力竭了。

　　阿曼达在角落的书架上发现一本旧杂志，就取下来开始阅读。但是她根本读不进去，因为生病的克里明斯太太发出痛苦的喘息声，这种声音一直回响在阿曼达耳边。她下意识地发现，要想转移注意力，摆脱这种声音的唯一办法就是去想想罗斯——那个把这件差事告诉自己的小伙子。

　　阿曼达想象着那个年轻人的样子，他英俊硬朗的脸庞，他的彬彬有礼，他的慷慨大方，他的助人为乐，还有

他在门外抖落身上的雪时，身影是那么优雅，充满活力。阿曼达正出神的时候，突然想到，罗斯在到达居留地之前，可能会一边赶路，一边还得与狼周旋，想到狼凶恶的样子阿曼达有点胆战心惊。

阿曼达很快又否定了这个想法，觉得不会发生这种事，自己怎么会这样想呢？那些狼不可能敢攻击他。阿曼达暗自笑了，那笑容里有一种甜蜜的柔情，她正回想着，自己到底为什么会发现他那么多好处呢？身处这个杂乱的房间里，却怎么也想不出来。阿曼达又想，以男人的标准来衡量的话，罗斯无论如何都算不错的。

时钟敲响，已经到午夜了，再过几秒钟，就是平安夜。阿曼达不知道自己是否能赶在父亲之前回到家，如果自己不在家欢迎父亲回来，他肯定会满脸失望，父亲还会为自己这次草率的远行而担心。一想到这里，阿曼达心情郁闷，昏昏欲睡，感觉到自己的眼皮开始不受控制地耷拉下来，但她马上一下子站起来，心想自己不能睡着。

阿曼达走到床边，发现病人现在不那么焦躁了，空气中散发着一股浓烈的亚麻籽药味儿，是阿曼达在克里明斯太太的胸口敷的膏药的气味。阿曼达对医术一窍不通，但是她能看出，病人急促的脉搏平稳了许多，也比她刚来时有力多了，这让她觉得比较安心。

接下来的几个小时，阿曼达要做的就是努力保持清醒。她坐一会儿，站一会儿，她每次坐下来，都不敢坐太久。她第一次发现，几个小时的时间竟然如此漫长，有好几次，她觉得座钟一定是停了，不然指针怎么走得这么慢呢！漆黑的夜毕竟在一点点过去，就在黎明来临之际，门铃响了起来。医生和罗斯终于来了！而且还从居民区带来了一名护士。

医生看了看病人说，多亏阿曼达的照料和她敷的亚麻籽膏药，帮克里明斯太太撑过了一天，否则他也无力回天了。阿曼达看到罗斯眼中流露出无比赞赏的眼神，有了医生和罗斯的照顾，阿曼达精神放松下来。然后，她就像个孩子一样，欢快地蜷缩在老人的大椅子上，沉沉睡去，等她醒来，已经是中午时分。

吃过午饭，阿曼达已经恢复了体力，可以动身回家了，罗斯也准备返回居留地。阿曼达心里有些慌，她不想和罗斯分别上路，就在箱形雪橇里给他留了个位置。罗斯很高兴地接受了，却又说阿曼达不该请他驾驶雪橇。

"我还不知道怎么驾驶雪橇呢。"他抱歉地说道。

"请不要以为我想让你来赶这头大驼鹿。"阿曼达坚决地回应道，"我想让它干什么，它好像都知道。除了我，我相信它不愿意听任何人指挥。"

"它可真是个超级聪明的家伙啊，我完全同意它的想法。"罗斯说完，顺便把阿曼达身上的大衣掖好，才坐下来。

阿曼达的小鼻子翘起来，有些怀疑又有些不屑，她想：罗斯是在挖苦她呢，还是在嘲笑她的驼鹿？如果是那样，那他可真是愚蠢极了。

阿曼达有点生气，不过还是全神贯注准备出发，罗斯没注意到阿曼达的情绪，他开始欢快地和她说话，显得饶有兴致。很显然，罗斯坐着驼鹿拉的雪橇很兴奋。阿曼达觉得自己有点小心眼，也许罗斯只是随便开个玩笑，并没有取笑的意思，阿曼达也和罗斯一样兴奋起来。白雪皑皑的原野上，大驼鹿拉着坐在雪橇中的两个年轻人奔跑，确实是一段美好的时光。

驼鹿脚踏实地向前走着，很多深陷的地方堆了太厚的积雪，原本坎坷的路程变得更加漫长。初冬时节，夜色很快降临了，阿曼达和罗斯却连一半路都没赶完。可这又有什么关系呢？毕竟夜色如此美好。繁星满天，星光明亮，周围的积雪也反射出大片柔和的微光。随着夜幕降临，阿曼达觉得周围一片寂静，似乎只能集中精力赶路了，但是她感到很满足，因为驼鹿有时跑得很快，更重要的是在这么冷的夜里，她愿意和这个年轻人并肩而坐，虽然现在他沉默不语，但无论怎样，他看起来都不像是难相处的样子。

天黑后一个小时左右，他们到了一个偏僻的岔路口，一条从黑河方向来的小路，穿过一大片被烧过的土地和一堆倒在地上的树干，和主路交会到一起。

"这肯定是我爸爸走过的路！"阿曼达指着小路说，"我真希望我们能赶在他前面，这样他就不用担心我了。他一般不会像这次一样回家这么早。"

"不是他留下的！"罗斯说，"他可能还没经过这里，地上只有我们昨天留下的雪地靴的痕迹，在接下来的旅程中，你会见到很多这样的痕迹，像是动物园里很多动物经过似的。哦！也许是我想错了，你看，那里还有一些痕迹，就在你的右边！"

"我们得快赶路了，"阿曼达喊道，"我们必须加快速度，赶上我爸爸！快点啊！我的乖驼鹿，你真是我的好伙伴！"

"不过，那也可能不是你爸爸的足迹。"罗斯反对道。

"就是我爸爸的！除了他，还有谁从那个方向来？"阿曼达不耐烦地顶撞起来。

"你知道的，"罗斯安慰她，"这条小路是从约翰逊家的方向来的，在咱们刚走过的一公里左右的地方和黑河这条路交会。"

"但我觉得就是我爸爸留下的!"阿曼达解释说,"因为——"

正在这时,一阵恐怖的尖叫打断了她的话,这种声音半是咆哮,半是喊叫,从黑河方向小路的北边传来。另一种声音对尖叫进行回应,回应声有些低沉,模模糊糊听不太清楚。

驼鹿往前猛跳了一下,然后喷了一口气,突然停下了脚步。

灵犀一点

阿曼达和罗斯都是助人为乐的人。助人为乐是一种美德,像金子一般,它的光辉永不磨灭。

第七章　生死搏斗

　　两只狼迅速向前冲，但还没有完全鼓起勇气去攻击卡尔森。另外三只狼站在一边，露出尖尖的牙齿，盯着坐在地上的他……

　　"那是你的朋友——狼！就在离这里不远的地方呢。"罗斯拍了拍驼鹿说道。他说话的时候，语气很轻松，同时他的右手快速地伸进外套，摸到了插在腰带上的手枪。

　　阿曼达由于焦急和犹豫拉长了脸，她很想赶紧往前走，要赶在父亲前面回到家中，但远处传来的声音又扰乱了她的思绪，让她犹疑不决。恐怖的尖叫，模糊的应答声，总让她想到一些可怕的画面。那种令人毛骨悚然的声音又一次传来，她再也无法忍受这种折磨。

　　"在我听来，那声音像是狼在追踪什么东西。"阿曼达说,"万一它们把人困在树上怎么办?"

她自己想象中的画面在脑海中浮现,如此清晰,让人担忧,她把自己的想法告诉了罗斯。

"也许它们是把什么动物困在树上了,"罗斯应和道,"最有可能是一头尖叫的老豪猪,相比人,狼应该更喜欢豪猪吧!"

"我除了在书上见过狼,对这种动物一无所知,但我并不认同你的猜测。"阿曼达回答道,同时她迅速做出决定,让驼鹿转过身来,朝向声音传来的方向,并发出了让它加速前进的指令。

阿曼达仿佛把驼鹿当成了能听懂人类语言的朋友,向它解释道:"加把劲儿快跑,咱们去看看你的朋友到底在干什么?也省得胡乱猜测。"

"天哪,你竟然这么勇敢!可你的驼鹿能受得了吗?"罗斯嘴上这么说,其实他非常乐意听从阿曼达的建议。

驼鹿显然也没有反对,它对保护自己的人无比信任,甚至想雄心勃勃地近距离与对手交战一番。

箱形雪橇改变了方向,沿着从黑河方向来的那条小路再次启程,想到可能会回家很晚,阿曼达有点儿后悔,她说:"也许我真的是个大傻瓜,被围困的真有可能是一头豪猪呢!但是,无论如何我得把情况弄清楚。要不,就算回家，我心里也不可能高兴起来，你说呢?"

这时候，罗斯有很多热情洋溢的话即将脱口而出，想了想最后只说了一句"没事的!"

罗斯说话的语调平平淡淡，似乎没有多少感情色彩，但对阿曼达来说，却像是一首抒情歌曲那样动听，她禁不住兴奋起来，赶着驼鹿继续往前走。她想自己即使会遇到危险，也权当去看了一场动物搏斗演出。

就在这时候，狼又一次嗥叫起来，几种声音混合在一起，很显然，狼群现在很兴奋。"它们肯定是把什么东西困在那里了，我敢保证!"罗斯喊道，"你听，它们就在前面不远的地方——就在转弯处!"

罗斯的话刚出口，从狼群的喧嚣中传来了一声大喝，是一个男人毫不畏惧、威风凛凛的声音。

阿曼达的心跳都快停止了，"天哪!"她喘着粗气说，"是我爸爸!"

事情的经过是这样的：卡尔森在离家还有 9 公里的地方，被 5 只狼跟踪了，狼群一直跟着他，却不敢果断地跟他硬拼。这让卡尔森很恼火，他希望那几只狼能鼓起勇气，跟他的斧子较量一番。他一边赶路，一边对比着双方的实力，如果狼真的扑过来，自己要战胜它们也并不容易。卡尔森正琢磨着这件事，更糟糕的事情发生了：他急切地奔跑在回家路上，不小心踩到了一个被雪覆盖的大树桩，大树桩卡住了他的雪地靴，卡尔森被绊倒了！由于向前跑得速度太快，突然受到阻力，他被狠狠地头朝下甩进一个小峡谷的谷底，就在往下掉的过程中，他听到了雪地靴帮撕裂的声音。

卡尔森感到一阵剧烈的疼痛，那一瞬间几乎要昏过去，他颈背上的肌肉开始抽搐。他把牙齿咬得咯咯响，立刻又站起来，努力从刚才的即将昏迷中清醒过来，他抹掉粘在眼上的雪，紧盯着追过来的狼群，但他立刻又一屁股坐在地上，因为他的右腿失去了知觉。

两只狼迅速向前冲，但还没有完全鼓起勇气去攻击卡尔森。另外三只狼站在一边，露出尖尖的牙齿，盯着坐在地上的他，眼睛发出绿光。狼看到斧头闪电般挥舞了一

下，心里明白，现在向前冲，还是很危险，它们又退缩回来。狼知道自己可以继续等下去，但它们并不喜欢等待，尤其站在另一边的三只狼，等待得不耐烦了，发出一阵咆哮，大概是想召唤刚才退缩的同伴一起来征服猎物。

恐惧涌上卡尔森的心头，这条伤腿让自己痛苦不堪，夜色中雾气逐渐消散，自己另一条腿也会渐渐失去知觉，那时候自己更无法打退群狼了。一阵剧痛让卡尔森的心都要跳出来了，他这才注意到自己受伤的部位，原来腿上的一根肌腱扭伤了，所幸骨头没有碎裂。

卡尔森想：拖着这条受伤的腿，在冰雪覆盖的路上每走一步都很艰难，什么时候才能到家呢？何况眼前还有好几只狼，它们看到自己陷入了困境变得更加疯狂。想到家中的妻子和女儿，卡尔森鼓起了勇气，他顽强地咬紧牙关，为即将到来的生死搏斗做准备。

那只坏掉的雪地靴没什么用了，干脆直接脱掉。卡尔森站起来，踩着那只完好无损的雪地靴，用单腿支撑着自己。他能摆脱困境吗？无论如何，他都要拼尽全力应对这场恶战。

灵犀一点

　　无论遇到怎样的危险，我们都要沉住气，不要慌张，千方百计寻找自救的办法和策略，就像卡尔森一样，有一颗勇敢的心，去迎接挑战，战胜困难！

第八章　最快乐的圣诞节

她想起当初，如果自己直接回家，没有拐到黑河这条路的话，后果将不堪设想……

卡尔森像英雄一样站在那里，威风凛凛地举起了手中的斧子，正要与狼展开生死搏斗。正在这时，突然传来一阵雪橇铃铛的声音，他拼命呼喊，听到了一个女人和一个男人的回应声，那个女声竟然是阿曼达的声音。卡尔森感到万分惊讶，女儿怎么会出现在这里呢？他内心狂喜不已，又感到困惑不解。

道路的转弯处，一头巨大的驼鹿正神采飞扬地飞奔而来，它从积雪中开辟出道路，身后还拉着一个满载的箱形雪橇。卡尔森看到这一切，眉开眼笑，几只狼看到眼前这个陌生的幽灵似的大块头，惊慌地倒退着。从雪橇中传来一声枪响，接着又是一枪，一只狼倒下了，呻吟着胡乱踢着四肢。其他几只狼撒腿就跑，忙着去寻找庇护所，它们俯下身子，肚皮贴着雪地，慌乱地飞奔逃走。雪橇已经停在了卡尔森面前，驼鹿喷着气，很神气地晃动着脑袋，仿佛这场胜利的全部荣誉都属于它。

"爸爸！爸爸！"阿曼达大喊着，声音颤抖，激动得眼泪就要夺眶而出。她从雪橇中跳出来，飞奔到爸爸身边，"到底发生了什么事情？"听到爸爸的笑声底气十足，这才让阿曼达的心放下来。

"没什么大事！刚才走得太急，踩到树桩上，伤了一条腿。"卡尔森说，"不过，有你在身边，就方便多了，乖女儿，还是说说你的'马戏团'吧！那几个畜生应该知道，对我动手动脚可没有好果子吃，现在我们放心了，不会有什么麻烦了。"

"哦，爸爸。"阿曼达喃喃低语。这时候，她想起当初，如果自己直接回家，没有拐到黑河这条路的话，后果将不堪设想，想到这里，她坐在雪地上大哭起来。

"有什么好怕的，别哭了。"父亲焦急地安慰女儿，"事情都结束了，狼都被你吓跑了，现在一切都很好了。"

"我觉得卡尔森小姐没有害怕。"罗斯用赞赏的语气说道，"她是世界上最勇敢的女孩，现在她只是有点儿过度紧张。快起来吧！卡尔森小姐，如果你把大驼鹿牵过来，我们就能帮你父亲坐到雪橇里，然后尽快送他回家。"

赶着雪橇回家的路程，无论对罗斯还是阿曼达来说，都不再漫长。卡尔森的腿受伤了，虽然遭受着身体的痛苦，心情却非常愉悦，毕竟能赶上回家过圣诞节了。

驼鹿拉着箱形雪橇飞快地奔跑，不停地上下颠簸，让卡尔森的脸变得有些惨白，两个年轻人也没有发现，因为他浑厚有力的声音依然让人觉得他劲头十足。卡尔森有太多的问题要问，有很多问题想弄明白，阿曼达怎么会在紧要关头奇迹般地出现呢？这一切还没来得及问个究竟，雪橇已经到了家门口。

卡尔森太太听到雪橇上的铃铛声和说话的声音，赶紧推门出来，透过窗口映出的灯光，她看到丈夫几乎是被阿曼达和罗斯从雪橇里抬出来的，她大声喊叫着冲进了雪地里。等她听完丈夫得救的经过，心里又感激又兴奋，早忘了刚才受到的惊吓。

吃过晚饭，罗斯站起身来，准备再次踏上去布莱恩居留地的旅程，结果遭到了卡尔森夫妻的强烈反对。

"小伙子，你今晚不能离开我家！"卡尔森很坚决地阻止他。

"这个建议没错。"卡尔森太太热情地附和着丈夫，"何况你已经奔波两天了，如果你急着去居留地的话，明天早上再走也不晚啊！"

"如果你现在就走的话，简直就是个十足的大傻瓜！"阿曼达狡黠地眨着眼睛说。

"你总得留下来，跟我们一起过圣诞节吧？"卡尔森又追问道。他无法想象，在冰雪覆盖的森林深处，有什么比温暖的家更有吸引力，自己常年离开家，实在是因为工作的原因迫不得已。

"可是，爸爸，"阿曼达见罗斯不说话，又提出了反对意见，"罗斯先生说不定在居留地有他自己的朋友，他可能没办法在我们这里待太久。"

"如果没什么特别的事，就明天再走，今晚你在这里过圣诞节吧。"卡尔森太太说道，"我们非常希望你能留下！"

罗斯有些犹豫，他不知道是否允许自己接受这份诱人的邀请，他朝阿曼达望去，但是阿曼达躲开了他的目光。

"好吧，我留下过圣诞节，等过完节再走。"他回答道。接着又低声喃喃自语："我不知道自己该怎么做，我很想去居民区，可又很想留在这里。"

"那就留在这里吧！"阿曼达说完，迅速从油灯旁的椅子上站起来，一抹红晕悄悄爬上她的脸颊。

一头善解人意的大驼鹿，一个如此优秀的小伙子，似乎都是从天而降，为圣诞节而来。对阿曼达来说，她将要度过一个最快乐的圣诞节。

灵犀一点

阿曼达真诚勇敢、乐于助人，关键时刻救了自己的父亲，而且还有更多收获。人与人之间，彼此的热心和真诚十分重要。

情愿当狗的大熊

第一章　伐木人抱起小熊

这个伐木人也是优秀的猎人，身手和思维都十分敏捷，他能在思考的同时做出反应。就在大黑熊跳起来的那一瞬间，伐木人举起枪射击……

小熊宝宝出生才一天，憔悴的黑熊妈妈开心地用鼻子爱抚着可爱的小家伙，现在，它的全部心思都在宝宝身上。突然，熊妈妈听见有沉重的脚步声向山上走来，便抬起了头。脚步声铿锵有力，无所畏惧，毫无掩饰之意，它知道这应该是人类的脚步声，他们的脚步总是声响很大，打破森林的寂静。熊妈妈的心怦怦直跳，它既焦急又充满疑虑。它舔了舔小宝宝，然后动作娴熟地用大爪子把宝宝挪到一边，小心翼翼地把头从洞穴里探了出来。

熊妈妈看到了一个身穿灰色土布衣服的伐木人，他穿着重重的长筒靴，肩上扛着一杆枪，无精打采地走在离它的洞穴口很近的小路上。一场迟来的春雪慢慢融化，抹去了熊妈妈在小路上留下的大脚印。新不伦瑞克省人把这种迟来的春雪叫作"知更鸟雪"。伐木人专心致志地行走在这条不太熟悉的小路上，并没有发现自己闯进了别人的地盘。熊妈妈心里只有洞里的小熊宝宝，在它看来，任何人的靠近都意味着要抢走自己的宝贝。熊妈妈走近宝宝，用鼻子轻轻地把它拱到一个角落里，又匆忙用干树叶遮了遮它的身体。熊妈妈再次来到洞口，眼里充满了愤怒和恐惧，一动不动地趴着，等待敌人的到来。

伐木人摇摇晃晃地向山上走来，发出很大的声响。他踩在长满苔藓滑溜溜的石头上，时不时地发着牢骚。伐木人走到了一块长满云杉矮树丛的狭长平地，在这矮树丛后面，他发现了一个小洞口，于是，他兴致勃勃地大步走过去。伐木人刚靠近洞口，一头高大威猛的黑熊张牙舞爪，压扁了云杉树丛，向他扑过来。

这个伐木人也是优秀的猎人，身手和思维都十分敏捷，他能在思考的同时做出反应。就在大黑熊跳起来的那一瞬间，伐木人举起枪射击，恰好射中了目标。他以前射杀的大都是低空飞翔的鸟类，几乎百发百中，只不过这次射杀的目标大了些。伐木人在离黑熊只有不到 20 厘米的

时候，这颗威力巨大的子弹射穿了黑熊的身体。黑熊如同抡起的蒸汽锤，在半空停止了进攻，它突然倒在了地上，嘴巴张开，露出了牙齿。

伐木人惊讶地大叫一声："真是好惊险！"他仔细地观察了一下熊的毛皮和牙齿，断定这头母熊已经成年了。刚刚度过冬眠期的黑熊，身上的毛粗糙凌乱，没有一点儿光泽，他既对这头黑熊充满了同情心，又想看看这头熊能派上什么用场。

"可怜的老家伙！"伐木人轻轻地自言自语，"它的宝宝一定在洞里，不然，它也不会这样气急败坏地拼命。真可惜，我刚刚迫不得已打死了它，现在还不是捕熊的季节，它的皮毛不好，也不值得剥皮。"伐木人走进昏暗的洞穴，发现了那个没隐藏好的熊宝宝。伐木人把它拎了起来，刚出生不久的小熊能分辨出敌人的气味，它恐惧地叫着，小爪子乱蹬乱踢。伐木人看着这个小家伙，开心地笑了。

"哇！你这个小家伙，精力很旺盛啊！"伐木人出于同情，也有心要做个实验，他放下熊宝宝，回到了熊妈妈的尸体旁，用刀子割下几大把蓬乱的毛，塞进了自己的口袋里。然后，他把手、袖子和外套在熊妈妈还没凉透的身子上蹭了几下。

"现在好了，"伐木人回到洞里，把熊宝宝抱了起来，嘴里嘟囔着，"我让你失去了妈妈，但我会尽力照顾你的。在我给你找到更合适的妈妈之前，你就把我当成妈妈吧！"

熊宝宝枕在伐木人的臂弯里，鼻子偎依着妈妈的一撮毛，很快就睡着了。伐木人对于自己的新宠物非常满意，他放轻了脚步，生怕吵醒熟睡的熊宝宝。

这个伐木人就是吉布·史密斯，他的农场在山的另一侧，前几天，他的农场里刚发生了一场悲剧，棕色的长毛猎犬吉妮刚刚失去了新生的小宝宝。吉妮生了6只小狗，其中5只刚生下来，就被史密斯放到水里溺死了。史密斯心地善良，他这么做也是迫不得已，如果他的小农场里小狗泛滥的话，不仅自己要付出很大的代价，小狗们也很难生存下去。接下来的两天，狗妈妈吉妮一直待在箱子里，箱子放在光线暗淡的牛棚的角落里，吉妮把所有的爱和柔情都倾注到那只唯一幸存的狗宝宝身上。这天早晨，吉妮跑进屋子去找吃的，这时，一头大红牛悠闲地在牛棚里踱步，不小心一个趔趄，蹄子踩到箱子上，把狗宝宝踩死了。整整一天，狗妈妈都闷闷不乐，在牛棚里不停地低声呜咽，它心烦意乱地盯着角落里的箱子，既不愿意靠近，也不愿意离开箱子。

晚上，史密斯回来了，他站在牛棚的门口往里看了一下。狗妈妈看到枕在主人臂弯里的小毛球，内心马上充满了亲近它的欲望。它站起来，前爪扑在主人的外套上，不停地摇着尾巴，还抬起身子去舔正在酣睡的熊宝宝。一开始，史密斯有点疑惑，他走进去看了一眼箱子，就什么都明白了。

"你如果想要这个小毛球，就给你吧！这也给我省了一堆麻烦。"史密斯对吉妮说。

灵犀一点

史密斯射杀了熊，又想把熊宝宝养大。人类与动物以及大自然是相辅相成的，对于动物，我们应尽力去保护它们，尽量避免对它们造成伤害。

第二章 农场生活

每当这时候，史密斯通常会靠在木柴堆上若有所思地抽着烟，对这个落荒而逃的大家伙充满同情……

史密斯把小熊放进箱子，又把熊妈妈的那几撮皮毛也放进去，小熊又饿又渴，闻着妈妈的气味，它不再烦躁。很快，它便接受了自己的新妈妈。新妈妈体形十分小巧，还散发着一种让小熊不安的气味，但能满足它的食欲，它确实需要热乎乎的奶水。很快，在狗妈妈精心爱抚和照料下，小熊的肚子鼓鼓的，像西瓜一样圆。它忘记了山腰的那个洞穴，认为史密斯的牛棚就是适合自己成长的地方。

吉妮天生就是一位好母亲，要是它有机会抚养自己的狗宝宝，在需要喂奶的几个星期里，它会无微不至地照顾每一个小家伙，然后，它会做出一个无情的决定，给宝宝们断奶，这样做也是为了它们好。不知为什么，小熊深深地吸引着它，它溺爱这个小家伙，把自己全部的爱都给了它，就连心爱的主人，在它的心目中都降到第二的位置。吉妮一直都在看护着主人的家，现在在它看来，它这么做不过是为了保护这个黑色的小家伙，它认为这个小家伙就是它生的。小熊个头长得很快，但是在狗妈妈眼里，成长的速度还是有点慢，它认为自己有责任让宝宝长得更快。狗妈妈从没想过要给它断奶，直到有一天，熊宝宝发现自己更喜欢厨房里的食物，它不再去吃狗妈妈的奶了。

　　狗妈妈不再给小熊喂奶了，但它仍是小熊最心爱的朋友和玩伴。小熊既淘气又可爱，尽可能地模仿妈妈，来回报它的爱。小熊天性很安静，妈妈的叫声似乎总能激起它的好奇心和羡慕之情，它很努力地模仿，结果只是偶尔发出几声低沉的呜咽声。除了呜咽声，小熊还能发出一种沙哑的呜呜的叫声，表示想吃东西了，主人就给它取名"呜呜"，很快它就习惯了主人喊它的名字时做出回应。

　　史密斯充满同情之心，洞察力敏锐，他觉着呜呜会在一种错觉中长大，它会认为自己是条狗，如果它不知道自己是一头熊，也许会省去很多麻烦。很长一段时间，史密斯只看到了狗妈妈带来的好处，并没有考虑到未来，将来有一天，这个小家伙长成二三百公斤的庞然大物，毫无疑

问，它还会认为自己是条狗。史密斯想到未来，觉得应该反对吉妮感情外露的方式，认为呜呜会模仿它。吉妮总是在呜呜面前做出哈巴狗的动作，史密斯不想让呜呜模仿，必须改变它的这种习惯。可怜的吉妮一旦站起来把前爪扑在史密斯的前胸上，他就会打吉妮，他知道这是一种表达热情的方式，如果一头二三百公斤重的大熊这样做的话，就有点可怕了。

史密斯没有儿女，家里只有他和太太，还有几只猫、吉妮和呜呜。史密斯太太和猫都把呜呜看成一条狗。呜呜小的时候，猫就用爪子挠它，呜呜长大了，它们还是照样挠它；史密斯太太高兴时，就会允许呜呜在屋子里进进出出，还会拿点厨房的小点心给它吃；她扫地、拖地时，看到那令人喜爱而行动迟缓的大块头，就会大笑一场；她要是生气了，甚至会抡起扫帚打它。在史密斯太太眼里，呜呜只是一条黑色的长毛狗，笨手笨脚的它惹了麻烦，就会紧跟在动作敏捷的吉妮后面逃跑，但还是会在厨房的门口被逮住，史密斯太太会生气地抡起扫帚打它。每当这时候，史密斯通常会靠在木柴堆上若有所思地抽着烟，对这个落荒而逃的大家伙充满同情。

尾巴的问题始终困扰着呜呜，它不知疲倦地尝试着去摇尾巴，却发现自己的尾巴太短，它只能竭尽全力地摇摆自己粗重的后腿，但这样做会妨碍它走路。呜呜行动是有点笨拙，但它性情很温顺，在农场里，除了一头猪，没有谁害怕它。这头猪天生就怀疑一切，它有一个非常敏锐的鼻子，始终觉着呜呜就是一头熊，而且非常喜欢吃猪肉。这头猪一看到呜呜，就会紧张地大声尖叫。

在史密斯的农场，除了那头猪，大家似乎都把呜呜看成一条大狗。从小到大，呜呜也一直认为自己是条狗。除了偶尔被史密斯太太的扫帚打一顿，呜呜对自己的生活感到非常满意，甚至庆幸自己是条狗。

灵犀一点

　　小熊被狗妈妈抚养长大，它以为自己是条狗，养成了与狗相近的性格和习性。家庭是孩子成长的重要环境，家庭教育是子女受到的第一教育，父母是孩子的第一任教师，良好的家庭环境有利于孩子健康成长。

第三章　出走归来

呜呜根据记忆，兜兜转转到了家，却发现只有一根光秃秃的、烧黑的烟囱，立在一堆烧焦的废墙上。这里发生了什么呢？

第三年的秋天，呜呜开始出现了不满的情绪。不知道为什么，它总觉着在史密斯的农场，甚至史密斯和妈妈吉妮的身上都缺了点什么。一种来自森林深处的神秘气息在吸引着它，它变得焦躁不安，总感到有什么东西在召唤它，让它热血沸腾，坐立不安。终于有一天，天刚刚破晓，史密斯在喂马时，发现呜呜不见了。

呜呜的出走让史密斯感到很遗憾，但他并不觉得惊讶。吉妮简直悲痛欲绝，史密斯试图安慰它，告诉它那个逃跑的家伙很快就会回来的。可史密斯并不通狗语，吉妮也无法明白他的意思，依然沉浸在悲伤中。那天夜里，呜呜离开了农场，穿过一片牧场和烧焦的土地，兴奋地向前方跑去，内心的欲望驱使它跑向塔糖山的山腰处。在云淡风轻的山坡上，一片宝石蓝色的灌木丛中长满了蓝莓。这时候，蓝莓都熟透了，硕果累累，汁水饱满。呜呜尽情地大吃了一顿，但是它知道，它来山上并不是因为蓝莓。

这时，呜呜遇到了一头毛发锃亮的年轻母熊，它的黑鼻子上也沾满了蓝莓汁。呜呜看到母熊后，眼睛发亮，莫名地兴奋起来，呜呜也许认为它也是条狗，即使它是条狗，也是条魅力十足、无与伦比的狗。虽然刚刚认识，但在呜呜眼里，这头年轻的母熊比它那善良、娇小的吉妮妈妈更可亲可爱。呜呜用独特的方式表达友好，母熊起初不明白它为什么总是摇着那条短小的尾巴，但还是对它充满了爱意，很快接受了它的追求。接下来的几个星期，这两头熊在新不伦瑞克森林里结伴散步，一起觅食，度过了梦境般美好的秋天。呜呜暂时忘记了农场，忘记了主人，忘记了吉妮，甚至忘记了史密斯太太那突如其来的扫帚。

第一场霜冻降临了，地面上铺满了落叶，踩上去窸窣作响。呜呜和伙伴都对对方失去了兴趣。母熊甚至都没和呜呜打招呼，就独自离开了，它满脑子都是越来越强烈的食欲。母熊确实有必要让自己的肋骨两侧堆满脂肪，这样它就能在某一个山洞或者中空的大树中，进行漫长的冬眠了。呜呜再次想起了史密斯，想起了吉妮，想起了美好而又熟悉的农场，想起了厨房的剩菜剩饭，还想起了令它垂涎三尺的煎饼的香味。对于这头认为自己是条狗的熊而言，寒冷和孤独的野外意味着什么？它不再刨树根找吃的，而是踏上了回家的路。呜呜根据记忆，兜兜转转到了家，却发现只有一根光秃秃的、烧黑的烟囱，立在一堆烧焦的废墙上。大约 10 天前，森林里发生了一起火灾，大火在森林中横扫出一条宽约一公里的小路，蔓延到了史密斯的小农场，这里的一切都化为灰烬。

今年要是重建农场的话，时间太晚了。史密斯和妻子去了临时居住点过冬，打算明年春天再开始慢慢地重建农场。

呜呜一点也不明白发生了什么，一整天，它在废墟周围伤心地嗥叫，嗅嗅这里嗅嗅那里，它感觉自己被抛弃了，有一种受伤的感觉。现在它要是能听见它的对手，也就是那头猪的尖叫声，或者被气急败坏的吉布太太用扫帚打自己的后腿，也是美好的事啊！呜呜的理解力有限，不知道该怎样安慰自己。第二天，呜呜饿坏了，不再幻想能找到些熏肉，就再次动身去森林里找食物。只要冬天再来得晚些，找到吃的也不是很困难。它可以把树根刨出来，或者翻开石头，找到行动缓慢的蛆、蠕虫和甲壳虫，还有诱人的蚁丘。森林里也有蜜蜂和黄蜂的巢，虽然闻起来有点刺鼻，吃起来却是香喷喷的。它还擅长捕捉森林里不太爱活动的老鼠，它在洞边耐心地等着，老鼠们一旦出洞，它就会用熊掌轻轻地拍死它们。

过了几天，天气更加寒冷，又下了一场大雪，潮湿的草地上面好像覆盖了一块钢板，大雪把老鼠洞埋了一米多深。这时，呜呜靠捉老鼠填饱肚子就有点困难了，别的食物也很难找到。它痛苦不堪，隔上一两天便回到农场的废墟上，在积雪覆盖的废墙上逗留一会儿，它多么希望那些消失的朋友现在回来啊！

灵犀一点

　　天性让呜呜向往森林，后天培养的感情让它重新回到农场，因为它和史密斯一家在共同生活中产生了亲情。血浓于水，亲情最真诚，而且是永恒不灭的。

第四章　决斗与守卫

狂风暴雪中，对手在盛怒的呜呜面前，不到半分钟就被打得乖乖投降，像一个布娃娃一样倒在地上，躺在雪地里装死……

除了到森林里寻找食物，呜呜就是回来拜访农场的废墟，每一次都令它伤心欲绝。在一次拜访中，呜呜竟然碰到了一头和自己是同类的公熊，还有一头小母牛，与陌生的公熊同时出现。那次火灾，史密斯的一头小母牛从大火中逃出来，跑到了荒郊野岭，后来又恰巧找到了回家的路。几个星期来，小母牛靠吃刨开积雪找到的干草，或者吃一些能嚼烂的树皮，勉强活了下来。现在，它瘦骨嶙峋，站在废墟后的雪地上，眼睛里满是饥饿和绝望。

小母牛可怜地"哞哞"叫了几声，恰巧被一头在附近森林觅食的公熊听见了，它满怀希望地狂奔过来，用它那有力的熊掌在小母牛脖子上拍了一下，便结束了小母牛的生命。这个野蛮的老家伙正要享用它的美餐，碰巧，呜呜从稍远些的地方也听到了小母牛悲伤的叫声，它认为这种声音来自美好的旧日时光，那时的生活充满友爱，还有突如其来的扫帚。呜呜带着一丝新的希望，循着声音的方向跑过来，跑到空地的边缘时，恰巧看到小母牛被击倒在地。

呜呜从养母吉妮那里学会了每条忠诚的狗应尽的义务，那就是要保护主人的财产。这头不幸的小母牛当然是史密斯的财产，呜呜从小就认识它，小母牛经常用分叉的牛角顶呜呜。呜呜看到眼前的情形，不禁满腔怒火，就向前冲去，一头扑向行凶的老公熊。这头老公熊性格孤僻，已经忘记了冬眠有多么舒服，也许是因为它上了年纪，不再需要这种舒服的冬眠了，于是，整个冬天都在野外游荡。老公熊的脾气十分暴躁，呜呜明目张胆地过来阻碍它享用猎物，老公熊勃然大怒，对呜呜发起了进攻。老公熊的个头比呜呜大得多，也比呜呜强壮得多，呜呜奋勇抵抗了几分钟。

老公熊的行动有些迟缓，致命的一掌没有打到要害，只打到了呜呜鼻子的一侧，虽然呜呜被打得不是很厉害，但它的自尊心受到了严重伤害。这时，决斗的局面有了转变，呜呜生平第一次大发雷霆，猛烈地反击。

狂风暴雪中，对手在盛怒的呜呜面前，不到半分钟就被打得乖乖投降，像一个布娃娃一样倒在地上，躺在雪地里装死。当然，老公熊并没有真的死去，天真的呜呜信以为真，摇着后腿庆祝自己的胜利。那头老公熊痛苦地爬起来，趁着呜呜不注意，在大雪中悄悄地溜走了。

呜呜沉浸在胜利的喜悦中，也不再去追老公熊，它觉得终于雪洗了被史密斯太太用扫帚拍打而带来的耻辱。呜呜稍稍控制了一下自己的兴奋劲儿，就躺在刚刚死去的小母牛旁边。寒风凛冽，这废墟的一角恰好能躲避寒风。虽然小母牛已经死了，而且瘦骨嶙峋，但它勾起了呜呜对过去美好生活的回忆。小母牛是史密斯的财产，呜呜觉得自己躺在小母牛的旁边就是为主人照看财产，这让它感到一丝欣慰。

一天天过去了，呜呜越来越饿，饥肠辘辘，不经意间，它啃了旁边小母牛的肉一口，感觉味道好极了。起初，它的确有一种罪恶感，时不时地抬起头，紧张地四处张望一下，生怕会有扫帚落下来。后来，它的胆子越来越大，没有了罪恶感。从小母牛身上，呜呜得到越来越多的快感，只要小母牛身上还有肉，呜呜就忠诚地守卫着主人的财产。事实上，地上只剩下牛角、蹄子还有一些它咬不动的骨头时，它还在附近徘徊了两天。呜呜实在饿坏了，认为自己无法为史密斯做什么了，或者说史密斯也不能为自己做什么了，就离开了废墟，在森林里游荡。

灵犀一点

呜呜在与老公熊的决斗中表现得非常勇敢，并战胜了老公熊。狭路相逢勇者胜，勇敢也是一种美好的品性。

第五章　向陌生人示好

它实在饿坏了，必须得做点什么来取悦这个圆脸男人，可这个人蜷缩在上铺，竟然一点反应也没有。呜呜该怎么办呢？

三周过去了，饿坏了的呜呜十分绝望，它来到一片自己从没到过的森林。这里竟然有人的痕迹！呜呜发现脚下有一条宽阔的路，和史密斯农场的那条路一样，小路上还有马蹄的痕迹。呜呜的心怦怦直跳，心中燃起了希望。它沿着小路匆忙地向前跑去，一股淡淡的、充满诱惑力的香气，穿过寒冷的空气，飘到了它的鼻子里。它闻出来了，是猪肉和豆子的香味。呜呜停了几秒钟，嗅了嗅香气，然后又向前一路小跑。它在小路边转了个弯，很快发现了一个伐木营地。

　　呜呜的经历告诉它，有人居住的地方就意味着友好、食物和住宿，它毫不犹豫地走向屋子。除了从烟囱里飘出来的几缕烟外，这里并没有人的迹象。屋子的门关着，呜呜知道，只要敲门或者急促地叫门，就会有人来开门。它试着这样做，然后停一停，听听有没有人来响应它。然而，屋里只有浑厚、惬意的鼾声。现在是上午，厨师刚刚干完了活，锅里还煮着饭，就在上铺睡着了。

　　呜呜挠着门，在门口叫着，还是没人开门，它有些不耐烦了，双腿站了起来，用两只爪子同时挠着门。它可真幸运，碰巧把门闩打开了。门突然开了！呜呜的半个身子挤进了屋里面，它并不想唐突地进屋，于是，它停在门口，一动不动，满怀希望而又羞涩地向光线昏暗的房间里瞥了几眼。

　　打鼾声突然停止了。呜呜看到了一个脸又大又圆的人，他留着稀稀拉拉的红色连鬓胡子，红头发乱蓬蓬的，在上铺的床上瞪着呜呜。这个人看到呜呜，吓了一大跳。呜呜本想在这里找到史密斯，没想到找到的是个陌生人，它努力克制住冲进去并美美饱餐一顿的冲动，只让一半身子进了门口，站在那里扭来扭去，这个人以为它是在摇尾巴呢！

　　如果是一个冷静的猎人，哪怕他再笨也会明白眼前的情形，这头熊用扭来扭去的动作表示友好。康罗伊营地的这个厨师并不是一个善于冷静观察的人，他被突然闯进屋的熊吓坏了。在下铺的墙上放着一杆枪，他那长满汗毛的大手伸向下面把枪拿过来，紧紧地握在手里。

呜呜想起了与史密斯相处的美好时光，更加讨好地摇着后腿，又满怀希望地向前走了一步。

呜呜和枪的距离更近了，突然，小屋里传出了震耳欲聋的枪声。

平时，这个厨师的枪法就不准，况且这次他还处于一个不利的位置。子弹擦着呜呜的头顶，飞向屋外的空地。呜呜转过头去，看看这个人在向谁开枪，要是他射中了什么的话，它想跑过去把东西给他衔回来，史密斯和吉妮以

前就是这么教它的。呜呜发现这个人并没射中什么，它就冒险走进小屋里。

厨师气急败坏，想要马上再开一枪，但是没有子弹了，他想起所有的子弹都在门边上的箱子里。厨师不敢到离呜呜那么近的地方取子弹，只好在上铺蜷缩着，把身子缩成了一个球。他把希望寄托在炉边板凳上的那一大块熏肉上，希望熏肉能把这个可怕的侵入者吸引过去，这样他就能趁机跑向门口了。

呜呜不会擅自去拿食物，它一直都记得吉妮妈妈树立的好榜样，何况史密斯太太还用扫帚教会了它守规矩。呜呜实在饿坏了，必须得做点什么来取悦这个圆脸男人，可这个人蜷缩在上铺，竟然一点反应也没有。呜呜焦急地环顾了一下四周，发现在门边的地板上立着一双沾满油脂的牛皮长筒靴。呜呜想起吉妮妈妈能把猎物找回来，也学着妈妈的样子，把一只靴子衔到床边，然后放在地上，作为一个小见面礼。

现在，厨师依然很害怕，但他绝不是个傻瓜，呜呜拿来长筒靴这件动人的礼物让他大开眼界。他确信这头熊没有敌意，就坐起来向它打招呼，"嘿！你来这里干什么呢？你想要什么东西吗？"一听到人说话的声音，可把这个大块头的家伙高兴坏了，它急忙摇起后腿，在地上撒娇地打着滚。

"它好像把自己当成一条狗了。"厨师考虑了一会儿，嘟囔着。他突然想起了一些传言，自言自语道："如果这就是吉布·史密斯的那头熊，我刚才的做法会被骂死的。据说，在大火发生前，他养着一头自以为是条狗的熊。"厨师自信地从上铺爬下来，往废品桶里倒了很多蜂蜜，都快溢出来了，他知道熊都喜欢吃甜食，呜呜吃完蜂蜜就趴在炉边睡着了。

中午的时候，伐木工人和司机成群结队地回来吃饭了，他们被炉边的大熊吓了一跳，这个正在睡觉的家伙看上去十分危险，谁都不愿意挨它太近。让他们惊讶的是，厨师竟然用手掌拍打着大熊那强壮的后腿，随意地把它拴到一个角落里。

"大熊好像把自己当成一条狗了。"厨师解释道，"所以我让它进来和我做伴，它能给你衔来长筒靴、袜子还有其他的东西呢！养个猫啊、狗啊之类的东西，可以让我们的营地更有家的感觉。"

"你说的对！"营地老板也表示同意厨师的想法，"可在大约一小时前，我们听见的是什么声音？你开枪了吗？"

"那是我们还不认识对方时发生的一个小误会。"厨师带着尴尬的神情解释道，"现在，我们已经和好了。"

灵犀一点

呜呜用自己特有的方式向陌生人表示友好，而且终于被对方接受了。动物和人类一样，都是地球母亲的孩子，两者应和谐相处，一起享受阳光、甘霖。

灵沃克森林里的鹿王

第一章　隐藏

突然，小鹿的大眼睛中闪过一丝恐惧，一只目露凶光的圆脸野兽悄无声息地来到丛林的边缘，那只野兽怒目圆睁，到处搜寻着猎物……

阳光透过茂密的枝叶倾泻下来，灵沃克山南坡的红褐色灌木丛斑驳陆离。在树丛下面，躺着一头小红鹿，它把头靠在蜷着的后腿上，整个身体蜷缩成一团，小鹿的嘴巴和鼻子那么小巧，那么柔嫩。

云杉和铁杉的落叶铺满了地面，好像一层厚厚的柔软的地毯，颜色和小鹿差不多。小鹿身上的点状花纹颜色稍微浅一些，与阳光透过树丛形成的斑点相映成趣，形成了一幅绝妙的图画。只有从那双眼睛才能认出到底是地面还是小鹿，也只有从那双眼睛才能将小鹿从背景图中识别出来。森林中万籁俱寂，一只黄绿色的小虫子，通过一根细丝悬挂在树枝上，在半空中蜷曲着，一动不动，好像忘记了自己从树枝上下来的目的是什么。树荫下的空气异常清新，而且隐约带着一丝芳香。没有声响，没有一丝风吹来，小鹿好像要睡着了，尽管它的大眼睛仍然圆睁着。

小鹿有个温柔的妈妈，妈妈暂时离开了这里，小鹿既不敢发出声音，也不敢动一下，这种静寂的气氛和丛林天然的色彩，正好适合它隐蔽。这时候，那些饥饿又凶残的猎食者们正在到处搜寻食物。其实，猎食者们的眼睛并不像我们想象得那样敏锐，肯定比技艺高超的猎人差远了。作为没有自卫能力的小动物，只要眼睛一眨不眨、身体一动不动地隐藏着，就能躲过很多狡猾的猎食者。不知是妈妈的教导，还是从千千万万谨慎的祖先那里遗传的天性，小鹿始终一动不动，它的大眼睛始终忧虑地盯着外面宽广而幽暗的未知世界，长耳朵偶尔会不由自主地抖动一下。

突然，小鹿的大眼睛中闪过一丝恐惧，一只目露凶光的圆脸野兽悄无声息地来到丛林的边缘，那只野兽怒目圆睁，到处搜寻猎物。小鹿隐约明白，在自己面前的是一个致命的敌人，它仍然纹丝未动，甚至都不敢呼吸了，好像是被冻住了一样。小鹿面对的敌人是一只巨型猞猁，足足有一分钟的时间，猞猁威风凛凛地站在那里，一动不动地

凝视着幽暗的树丛。

　　然而，在这片红褐色的树荫里，除了纤细的小树树干和光影斑驳的矮树丛，猞猁什么也没看到。尽管小鹿就在眼皮子底下，但是小鹿隐藏得实在太好了。有一株蕨类植物挡在小鹿周围，就像那些古老的传奇故事中讲的那样，主人公用障眼法藏起了自己。猞猁的鼻子也没有闻到一丝猎物的气味，它终于轻轻地抬起前脚掌，像一个可怕的灰影一样悄悄离开了。小鹿的身体剧烈抖动了两三秒钟，紧接着，它再次一动也不动地趴在那里，像一尊雕塑一般。

　　其实，小鹿刚才害怕极了。鹿妈妈还没回来，小鹿又饿又孤独，心里不耐烦起来，但它始终严格遵循着保护自己的这项自然法则，一动也不敢动。这片丛林看起来无比空旷，实际上里面藏着很多动物，那些小动物们一次次经过小鹿的藏身之处。有好几次，一只小林鼠在小鹿面前悄然跑过；有一只正在孵蛋的松鸡，因为不想离自己的蛋太远，就在周围四处啄啄点点，匆匆忙忙地吞吃自己的餐点；还有一只红松鼠，把毛茸茸的尾巴高高扬起，一声不响，在地面上飞奔，爬上一棵树后，又在树枝上厉声尖叫……毫无疑问，小鹿把这些都看在了眼里，依然一动不动，它需要依赖丛林赋予的智慧才能在丛林中活下去，而这无形之中为它以后的成功奠定了基础。

突然，一只体形庞大的红狐狸蹑手蹑脚又相当自信地跑过丛林的边缘，与小鹿相距仅 3 米，小鹿的心因为恐惧而剧烈地跳动起来，同时眼睛深处也闪现出惊恐的光。好在那只狐狸正在用好奇的鼻子去嗅刚才母松鸡跳过的地方，根本没有注意到附近有一只小鹿，狐狸沿着松鸡的踪迹跑远了。几分钟后，在丛林的后面，也就是小鹿看不到的地方，传来了一阵"唰唰唰"拍打树枝的声音，紧接着是一连串脚掌落地的声音。小鹿不敢抬起头来看，只是浑身颤抖着，忧心忡忡地等待着接下来的事情。只见一个长满黑毛的家伙突然落在它面前，然后又尖叫着跑了。小鹿没看清楚刚才跑的是什么，浑身上下瞬间被巨大的恐惧包围，它猛地跳起来，颤抖着站在那里。这时，一只大野兔

"嗖"地一下冲进树丛中消失了，大野兔在拼命地逃跑，身体好像变成了一条直线。小鹿知道，刚才那个不可思议的可怕幽灵可能还回来，然后会给它重重一击，因此，小鹿想迅速逃离这里。

这时候，身后传来一声微弱而怪异的吼叫声，小鹿不由自主地转过头，只见一只小黑毛兽，也就是追野兔的家伙，突然跳到了它身上，几乎把小鹿吓了个半死。自从来到这个世界上，小鹿第一次感受到身体的剧烈疼痛，这个家伙的牙齿虽然短小，却极其锋利，它撕扯着小鹿柔嫩的脖子，并寻找小鹿的喉咙。在这种猛烈的攻击下，小鹿只能无助地躺在地上乱踢腿，低声地呼唤着妈妈。

灵犀一点

　　小鹿没有自我保护能力，但它能严格遵守规则，一动不动地隐藏在丛林中。大多数野生动物都会隐藏自己，有的身上有各色斑纹，形成保护色以便融入环境中；有的会挖洞或寻找遮掩物来躲藏……这就是遵循丛林法则。

第二章　成长

为了在丛林中生存下去，野生动物必须将各种不同的知识牢记在心。这些知识可以分为三部分：首先，最重要的就是动物的种族天性……

小鹿命悬一线，恰在此时，鹿妈妈赶到了，它有一双温和而慈祥的眼睛，此时却冒着愤怒的红光。这个大胆的袭击者是一只小食鱼貂，它还没来得及转过那龇牙咧嘴的窄脸，就在第一口香甜的血液刚流到它的喉咙之际，一只锋利的蹄子就猛地踹在它的背部，几乎拍碎了它的脊柱。食鱼貂疯狂地扭动着，想迅速拖着受伤的身体逃跑，却一步也挪动不了。不过几秒钟的工夫，食鱼貂就被踢成了一团肉酱。

这只食鱼貂还没成年，它的牙齿也不是很长，因此小鹿的伤势并无大碍。小鹿站起来，紧紧地靠着妈妈的肚子，然后开始吃奶，妈妈温柔地舔着它。过了一会儿，小鹿瘦弱的腿不再颤抖了，妈妈就带它起身到下一个藏身的地点。

这次经历给小鹿留下了很深的阴影，此后很长一段时间，它都和妈妈形影不离，鹿妈妈不得不待在离它藏身地点更近的牧场。每当妈妈试图离开它的时候，它就会跳起来紧跟在妈妈后面。鹿妈妈不能到更远的地方去吃新鲜的牧草，变得逐渐消瘦起来。后来，随着小鹿的身体越来越强壮，它有了信心和胆量，可以跟着妈妈到它最喜欢的牧场去了，妈妈的担子也减轻了不少。

夏天很快平安地过去了，到了秋天，鹿妈妈开始准备继续繁衍子孙。有时候，在那头身材高大、鹿角粗壮的公鹿的陪伴下，妈妈似乎完全忘记了小鹿，现在小鹿已经长成一个非常强壮独立的小伙子了，各方面的技能都已经成熟，有足够的能力保护自己。尽管小鹿一度被那头讨厌的公鹿忽视，但是它仍然跟在妈妈身边，与妈妈一起吃草，睡在妈妈的身边。在鹿妈妈的教导和陪伴下，来到世界的第一年，小鹿便学会了一头红鹿在北部荒林中生存所必需的基本知识。

为了在丛林中生存下去，野生动物必须将各种不同的知识牢记在心。这些知识可以分为三部分：首先，最重要的就是动物的种族天性，也可以说，这是一个种群中的每一个个体都熟知的基本知识。第二部分就是经验，经验是

不同的情况和环境教给它们的知识。一个种群中的每个个体所掌握的知识量都不一样。野生动物依靠天性和经验可以解决遇到的大多数困难，但是仍然有一些事情既不能靠天性也不能靠经验，而只能靠父母的教导和自己的领悟。

小鹿在这个夏天所学的课程中，最重要的一课就是怎样躲开丛林中的熊。灵沃克森林中有很多熊，因为熊最爱吃的就是蓝莓，而灵沃克的山坡上长满了蓝莓。蓝莓成熟的季节很短，蓝莓成熟之前，在熊看来，味道最美的食物就是小红鹿或者小驼鹿。然而，熊不喜欢坚定不移地追猎到底，它每次看中一头小鹿时，就会隐藏在灌木丛或巨石后面，等到猎物经过时，它会突然伸出一只熊掌，给猎物致命一击，很多小鹿就是这样命丧熊爪之下的。这头小鹿却幸免于难，因为它学会了观察前面的灌木丛里是否藏着熊，对于一些危险的地方，它往往退避三舍。有时候，不得不经过时，它也会远远地转悠几圈，直到觉得很安全，它才放心地走过去。

这个夏天，小鹿还牢牢记住了另一条真理，这就是：人类是最危险的敌人。在灵沃克的西部，有一条狭长的地带，分布着一些人类的居住地和一些偏僻的农场。在森林的边缘地带，是一些空旷的土地，鹿群非常喜欢吃这些土地上的蔬菜和谷物。小鹿和妈妈也经常闯入这片土地，尽情地享用这些美味。鹿群知道狗和人类的亲密关系，只要一听到狗叫声，或者一旦闻到人类的气息，它们就会像影子一样，飞快地逃到远处的安全地带。聪明的鹿妈妈对人类了解很多，它也把这些知识教给了小鹿。同时，由于鹿妈妈对待人类的态度经常表现得反复无常，小鹿也养成了一个极其危险的习惯，那就是它对人类也并不是一直保持着高度谨慎。鹿妈妈很喜欢母牛，有时候心血来潮，它就带着小鹿去远处的一个养牛场，与牛群一起吃草。鹿妈妈对这些体形巨大的异种生物了解不多，但是它仍然喜欢跟母牛在一起。小鹿也会偶尔独自去养牛场，吃那些鲜嫩的青草，但它知道人去挤奶的时候，那个地方是去不得的。

有一天，鹿妈妈和小鹿穿过靠近人类居住地的一条路时，小鹿又学到了那个秋天里重要的一课。村子里的两条杂种狗看到了它们，就狂吠着紧追不舍，但这种狗既没有灵敏的鼻子，也不具备坚定的意志，鹿妈妈带着小鹿跑进树林，轻而易举地把杂种狗落下很远。对这样的动物，鹿妈妈没有表现出一点畏惧，有时候，它会转身与杂种狗相对，用自己锋利灵活的前蹄教训杂种狗，但是它并不想把自己的孩子卷到这种无谓的争斗中来，就带着小鹿继续跑。跑出很远一段路了，鹿妈妈突然转身跑出一个直径大约 15 米的半圆，再往回跑一段，然后就和小鹿趴下，一边休息一边望着刚才留下的痕迹。后面追来的狗，就会傻傻地跟着鹿妈妈留下的痕迹跑，等到两条笨狗耷拉着脑袋，气喘吁吁地跑来，鹿妈妈和小鹿已经休息好了，它们一跃而起，朝着另一个方向全速跑去。两条笨狗被鹿妈妈和小鹿用相同的计谋耍弄了好几次之后，就筋疲力尽地败下阵来。小鹿跟妈妈学到了这一招，它也因此而瞧不起狗这种动物了。

灵犀一点

　　一年的丛林生活，聪明的小鹿勤奋好学，它具备了丰富的经验和技能，已经能够保护自己。纸上得来终觉浅，绝知此事要躬行。

第三章　名声大振

接下来的两年，这头大公鹿名声大振，家喻户晓。每个人都听说过大公鹿的事迹，知道它非常勇猛，近乎无可匹敌……

冬天很快到了，地上的积雪越来越厚，那头身材高大、鹿角漂亮的公鹿找了个向阳坡作为它们的家，与鹿妈妈和小鹿，还有另外一头母鹿生活在一起。这里树木茂盛，长满了粗壮的云杉和纤细的小杨树、小桦树。公鹿领着自己的小家建起了过冬的窝，还踩出了一条条通往各个树丛和森林的小路。因此，即使地上的积雪有一米多厚，它们也可以自由地在这片土地上穿梭。小鹿把所有这一切都牢牢地记在心里，为以后顺利度过每一个冬天奠定了很好的基础。

春天来了，积雪化成了小溪，欢快地从山坡上流淌下来，明快的色彩和清新的气味，布满了整个灵沃克，一群群牛羊在山坡上吃草。有一天，鹿妈妈趁小鹿没注意，偷偷地离开了小鹿，接下来的好些天，小鹿都感觉很孤独，它除了吃草就是到处找妈妈。哪里都没有妈妈的踪影，幸运的是，小鹿现在已经有了强健的体魄，具备了独自面对一切困难的能力，它很快从失落的情绪中走出来，沉浸在灵沃克森林自由自在的野外世界中。在这个世界里，既有欢声笑语，又有刺激的冒险和逃亡。那个秋天，小鹿变得好斗起来，因此挨了不止一顿痛打，因为它与那些成年公鹿比起来，力气和技巧还是逊色不少。小鹿很擅长从失败的争斗中吸取教训，它不仅力气和个头越来越大，搏斗的技巧也日渐成熟。

一年之后，小鹿长成了一头大公鹿，已经能够洗刷以前受过的耻辱。在灵沃克的西坡中央，有一小块花岗岩，上面有个清澈干净的池塘，小鹿在这里喝水的时候，一抬头看到了那几头让人生畏的公鹿，一场激战之后，公鹿竟然都一一败下阵来。那个冬天，小鹿也拥有了三个女伴和两个孩子，也像当年那头高大的公鹿一样，建立起了自己的家园，并踩出了一条条通往各片森林的小路。

接下来的两年，这头大公鹿名声大振，家喻户晓。每

个人都听说过大公鹿的事迹，知道它非常勇猛，近乎无可匹敌，而在躲避猎人时又表现得足智多谋。人们经常在奶牛场看到它，但是就在人们准备开枪的时候，它却早已消失得无影无踪。在每一块长满谷穗的田地里，几乎都能看到大公鹿的大脚印，因此，方圆几十公里的猎人们都开始垂涎它那名贵的鹿角。曾经的小鹿，俨然变成了这片森林里名副其实的鹿王。

在灵沃克山的西北方向，小路穿过树木繁茂的小山丘，一直延伸到沃太努斯区的峡谷，这里的农场属于一个叫瑞森的老光棍。这片农场恰恰得到了鹿王的青睐，它非常喜欢这里的豆子和玉米，也把那些饱满嫩绿的甘蓝作为自己的至爱，它甚至经常光顾瑞森老汉厨房前面的小花园，去吃那里的卷心菜和胡萝卜，有时候鹿王甚至还想尝尝那里的洋葱和辣椒。当然，鹿王总是在瑞森去十字路口的商店或者深夜他鼾声如雷的时候过来。这个瘦得皮包骨头的老汉发誓一定要报仇，他把枪上好子弹，等了好多天，有时追寻着鹿王的足迹漫山遍野地跑，但最终都是徒劳。久而久之，瑞森不那么报仇心切了，反而被鹿王非凡的本领折服，同时又担心漂亮的鹿角会落入他人之手。当鹿王再一次来破坏瑞森的庄稼时，他的第一反应竟不是怒火中烧，而是有些尊敬和欣赏。当他去查看损失的时候，他用弯曲的手指抚摸着胡须花白的下巴，那双蓝色眼睛里流露出来的不是愤怒，而是柔和的光芒。瑞森老汉心想，这样的对手才是真正的对手。他暗暗发誓，鹿王那张上好的毛皮和精致的鹿角终归会落到自己的手里。

当鹿王刚满 4 岁的时候，它的大名已经远播到灵沃克以外的地方了，很多人因此都梦想着能够得到这个大家伙。这年秋末的时候，有两个刚搬到河下游区域的猎人决定上山试试运气，他们对鹿王迷惑追踪者的技能以及逃避埋伏的智慧早有耳闻，他们已经想出了一套全新的战略来对付它。两个猎人带上了两条极其优秀的猎犬，这两条猎犬融合了苏格兰猎鹿犬和柯利牧羊犬的优秀血统，它们凶悍无比而且头脑机灵，意志坚忍不拔，奔跑速度快如风。

灵犀一点

　　小鹿长大了，凭借自己的实力名声大振，也赢得了瑞森老汉的尊敬和欣赏。不论是学习还是工作，只有不断完善自己，提升能力，才能取得好的业绩。

第四章　遇险

鹿王再次听到了两条狗清晰的叫声，它感觉自己的腿要跑断了，它知道自己跑不多远了，面对如此坚忍不拔的敌人……

有一天，鹿王正在密林正中央的小山丘上，猛然看到有两条狗正在追寻着什么，这两条狗长着大长腿、长下巴，毛色铁灰。鹿王估摸了一下，觉得狗与自己大约隔着也就 90 米的距离，但那是直线距离，再加上中途的弯弯绕绕，跑起来足足有一公里远。鹿王静静地注视着这两个陌生的闯入者，直到察觉出来它们追踪的正是自己，它马上怒气冲冲，使劲跺着自己锋利的蹄子，好像它已经准备好了，等待迎接它们的挑战。

鹿王心里明白，这次是一些难对付的敌人，最好能找个时机溜走。根据以往的经验，鹿王对待狗这种动物，始终抱着一半戏耍一半谨慎对付的态度，在它的意识里，这两条狗不过是狗而已，狗是很容易甩掉的。接着，鹿王欢快地朝着几个不同的方向跳了几下，想先迷惑它们一下。然后，鹿王向着西北方向愉快地跑去，跑到山腰的位置，这里是它既熟悉又喜爱的地带。鹿王跑到一条小溪边，沿着河槽上上下下跑了几趟。后来，鹿王累得气喘吁吁了，就用自己惯用的技巧画了个迷惑狗的大圆圈，然后满意地趴下休息，等待着那两个追踪者。

　　鹿王在灌木丛中休息，一边悠然自得地看着自己刚刚跑过的小路。与鹿王所熟悉的那些杂种狗相比，这两条狗尽职尽责，而且不停地大声叫，这是用来告诉主人它们所在的位置。毫无疑问，这是两条与众不同的狗，鹿王变得有些担忧起来。它极不愿意听到这两条狗的叫声，但是它趴在树丛里还不到5分钟，就又隐隐约约听到了。鹿王大吃一惊，这两个家伙居然这么快就破解了自己布下的障眼法！这两条狗有多高的智慧和多快的速度才会绕过错误的路线，一下子就能识别出正确的路呢？鹿王无从知晓，它也没有时间深入思考。

　　过了一会儿，狗叫声再次传入鹿王耳朵的时候，距离已经非常近，它感觉自己的心都快跳出来了。从小练就的一身本领帮了大忙，此刻，鹿王一下子跳起来，风一般地跑起来，一会儿就消失在丛林中。鹿王跑得像影子一样快，直到感觉自己再也听不见狗叫声了，又全速冲了出去，想与这些可怕的追随者保持一定的距离。鹿王一直跑，直到感觉自己的心脏快炸裂了才停下来，并画了一个具有迷惑性的圆圈，趴下来边休息边观察周围的动静。它感觉自己累极了，需要大量的时间来恢复体力。鹿王的胸部因为剧烈的呼吸隐隐作痛，但是还没等它喘上几口气，它又听到了那微弱却又无比可怕的狗叫声。等到那两条狗跑过来，它们竟然精力充沛，没一点疲劳的样子。

　　鹿王因为恐惧浑身颤抖，这种感觉似曾相识，就像小时候在树丛里食鱼貂跳到它身上咬它时的情形。鹿王没时

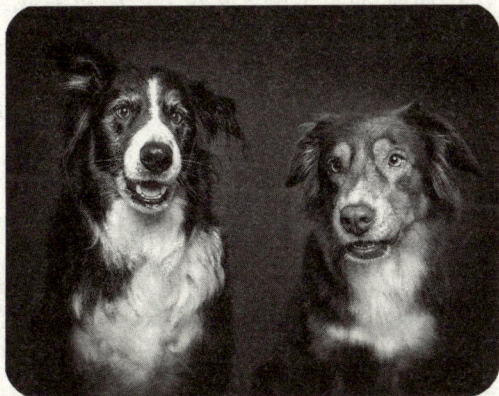

间多想，它猛地站起来，继续逃亡之旅。

鹿王飞快地穿过瑞森的农场，冲进了一片奶牛场，也许它需要陪伴，也许它想利用奶牛来混淆自己身上的气味，总之，它一下子跑进牧场，在那些一脸困惑地望着它的奶牛中间跳来跳去。然后，鹿王挑了牧场中一个偏僻的角落，跳过篱笆，进入茂密的丛林，跑向那些它比较熟悉的地带。鹿王刚跑进丛林，那两条狗就追到牧场了。两条狗在奶牛中间来回穿梭，丝毫不在意奶牛的愤怒，更不害怕奶牛锋利的牛角，只是专心寻找猎物逃跑的路线。最后，两条狗也一下子冲出篱笆，得意地叫几声，冲进丛林。

鹿王再次听到了两条狗清晰的叫声，它感觉自己的腿要跑断了，它知道自己跑不了多远了，面对如此坚忍不拔的敌人，它所有的计划都不堪一击。鹿王停了一下，心里有种强烈的冲动，真想回头与两条狗大干一场。同时，又有一种强烈的意识告诉它：去瑞森的农场！那里是自己熟悉的地方，自己在那里从来没有受过任何伤害。鹿王也明白，那个老汉才是最危险的敌人，但是转念一想，还有什么危险比现在的危险更迫在眉睫，更让自己胆战心惊呢？而且，曾经有一次，鹿王躲进马棚，最后安然无恙地逃走了。

鹿王用尽了最后的力气，闯进瑞森的农场，它穿过麦田、小花园和瑞森干净的庭院，在马棚门前停了下来。马棚笨重的大门用一根木棍支撑着，往里一望，里面漆黑一片，看起来很安全。在牛的气味中，鹿王同时也闻到了可怕的人的气味，它转身想离开，继续那希望渺茫的逃亡，但是它听到狗叫声已经犹如在耳边。那两条可怕的狗已经穿过丛林，朝玉米地冲来，这个情形让鹿王下定了决心，它一边犹豫着一边转过身去，把顶门的木棍撞到一边，跌跌撞撞地跑进门槛里，一直跑到马棚的最里面，气喘吁吁地跳进瑞森为一匹小马驹盖的小棚里。就在这时，门重重地关上了，门闩也滑下来，正好把门插上了。

灵犀一点

鹿王被两条优秀的猎狗追逐，深陷险境，它的遇险在于小看了对手。无论在学习还是职场中，即使你实力强大，也要慎重看待对手，疏忽和粗心大意往往会导致失败。

第五章　"秋天"马戏团

当有人问瑞森打算怎么处理鹿王时，这个温和的老头总会说："也许我会把它卖到马戏团。"鹿王被卖到马戏团了吗？

两条狗赶到的时候，看到门已经关上了，就愤怒地狂吠起来。它们围着马棚转了一圈，没有找到其他入口，就狂怒地吼叫着用爪子猛抓那扇门。瑞森正在土豆地里劳作，听到狗的狂叫声，就匆匆忙忙地赶回来。他看到两条狗对着马棚狂吠不止，感到非常奇怪。瑞森毕竟也是一个经验丰富的猎人，他并没有直接走到门前，而是转到马棚的后面，从窗户向里望去，只见小马棚的地上趴着一个大动物，头上长着一双漂亮的鹿角。瑞森狂喜，心想这个梦寐以求的东西终于到手了。他跑到厨房去取枪，转念一想，又改变了主意，拿了把长猎刀。靠近马棚的时候，那两条狗对他龇牙咧嘴，瑞森命令它们到一边去，猎人特有的呵斥带着不容抗拒的威严，两条愤怒的狗只好躲到一边，等主人来为它们撑腰。

瑞森小心地关上门，拿着刀大步走向小棚。在门槛的外面，他停了一下，怀着胜利的喜悦仔细地看着猎物。除了值钱的鹿角和皮毛，还有足够他吃一个冬天的肉，尽管这些肉可能会很硬，咬不动，但味道应该还不错，鹿王吃了多少上好的庄稼啊！瑞森看着鹿王剧烈起伏的胸膛，心想它刚刚经历了怎样惊心动魄的逃亡啊！瑞森又往前走了几步，更加疑惑了：这个大家伙这么狼狈地逃跑，最后竟然跑到这里来了。鹿王睁大眼睛看着瑞森，老汉平静的面容似乎让它安心起来，它的眼神里没有一丝恐惧，只有疑惑而已，它竟然毫无畏惧，尽管老汉越靠近，它粗重的呼吸也变得越来越急促。

瑞森看到鹿王那带有些许疑惑的眼神时，心中那种成功的喜悦一下子消失殆尽，他原本平静的面孔变得更加柔和，最后变成了一抹窘迫、滑稽的微笑。瑞森偷偷摸摸地把刀收起来，好像不想让面前的大家伙看到似的。然后，他喃喃自语："你这个家伙，竟然藏到我这里来了。"他拿起棚里的一个浅底木桶，径直走向水井，想给鹿王打点水

喝。打水的路上，瑞森一边想象着自己拥有那对大鹿角的喜悦，在他的想象中，鹿角越来越大，简直像一双大翅膀。

瑞森走到门口的时候，那两条狗又兴奋地叫起来，他看到两个汗流浃背、背着枪的人穿过玉米地走过来。

"你好！"其中一个人礼貌地打招呼，"我们在追一头鹿，既然我们的狗在这里，那么它一定藏在你的马棚里。"

瑞森尽量掩饰着他的愤怒，他看了这两个人一眼，然后用手指抚摸着瘦骨嶙峋的下巴。

"是吗？"瑞森拖长了声音说，"里面是有一头漂亮的鹿，就是人们经常谈论的那个鹿王。朋友，你敢跟我打赌吗？我觉得它现在更喜欢待在里面。"

这两个人看着老汉冷峻的面孔，没有说话，他们感觉到了老汉心中的怒火，对此也无可奈何。于是，他们呼唤了一下自己的猎犬，带着愤怒和厌恶的情绪离开了。过了一会儿，那个和瑞森说话的人又转回来了。

"只要你交出那头鹿，我愿意给你 50 美元。"他对瑞森说。

"如果它真值 50 美元的话，那我为什么要卖给你呢？"瑞森用愤怒的眼神盯着这个人，站在原地回答。这个猎人摇摇头，只好转身去追他的同伴了。

接下来的几天，村子里的很多男人和孩子，也不乏一些女人，都跑来看瑞森马棚里的这个大猎物。经过精心的调养，鹿王在短短的几小时之后就精力充沛了，好像从来没有经历过那场惊险一样，它以前的那种傲慢的神情又回来了，还经常会发怒，观看的人也不敢离得太近。鹿王却认识瑞森，把他视为自己的主人兼守护神，因此瑞森可以自由地出入马棚。鹿王面对瑞森时会侧身而行，也会有些忧虑地看着他，但是从来不对他发怒。

当有人问瑞森打算怎么处理鹿王时，这个温和的老头总会说："也许我会把它卖到马戏团。"几个星期之后，人们逐渐对鹿王不感兴趣了，瑞森也该决定如何处置它了。

树林的叶子变黄了。一个秋天的早晨，瑞森查看了一遍农场之后，就让那个年轻力壮的邻居来帮他把鹿王弄到一辆马车上。

"我得找个机会把它卖到'秋天'马戏团。"他这样对村里的人说，人们也对这个结局很满意。

瑞森和邻居花了足足一两个小时，才把愤怒的鹿王捆绑起来，然后这两个气喘吁吁的人把鹿王抬到马车上，又紧紧地拴住，唯恐它会一下子跳下去。接着，瑞森就开始踏上了去40公里外"秋天"马戏团的旅途。

离开灵沃克约27公里之后，到了沃太努斯，湍急的河水呼啸着冲下峡谷，在灵沃克北部形成了一条不可穿越的边界。人们常说，正是由于这条河流，灵沃克和沃太努斯的动物几乎没有什么来往。一过了桥，瑞森就停住脚步，再一次拔出了长刀，鹿王充满疑惑地盯着亮闪闪的刀片。瑞森把鹿王靠在自己身上，不好意思地咧嘴一笑，然后他举起刀，两三刀后，绳子断了。鹿王更加疑惑地抬起了漂亮的头颅，踢了一下腿，伸了伸脖子。

"笨蛋，快跑啊！"瑞森喊道，一边喊一边扬起了鞭子。

鹿王跳跃了一下，绕过车轮，很快消失在沃太努斯茂密的森林里。瑞森盯着鹿王消失的地方看了一会儿，才慢

100

慢地转过车头，踏上了回家的路，同时心里还在构思着一个惊心动魄的故事。瑞森准备回去告诉村里人，这个狡猾的鹿王是多么机智聪明，用了怎样的手段从他的马车上逃走的。

灵犀一点

　　鹿王逃到了瑞森的马棚里，它相信这个人会保护它，瑞森没有辜负鹿王的信任，最后把它放归森林。人与人之间同样需要理解与信任，无论是与同学还是朋友交往，基本的前提就是互相信任。

红斗鸡的鸣叫

第一章　死里逃生

　　车祸现场惨不忍睹，车厢里运送的货物一片狼藉，红斗鸡姿态优美地跳过这堆乱七八糟的东西，飞上了最近的一棵云杉树……

　　这是一只长着黑色胸脯的纯种红斗鸡，它那华丽的羽毛坚硬如盔甲，光滑如丝绸，在黑暗的云杉树上闪烁着火焰般的光芒。红斗鸡的头和脖子像蛇一样灵活，而且像锋利的长矛充满杀气，它的鸡冠和垂肉已经修整过了，颇有一副贵族气派。红斗鸡的目光凶猛而敏锐，时刻保持着高度警觉，它带着几分傲慢，随时准备接受来自鸟类、野兽甚至人类的注视。

　　此刻，这只被人类精心饲养和训练的红斗鸡脱离了人类，独自进入森林。它跳到离铁路线几米远的一棵树上，带着一副平静傲慢的神情，大胆地凝视着一辆大货车车厢的残骸，那是它刚刚逃脱的牢笼。红斗鸡能逃出来简直是个奇迹，这次死里逃生竟然对它的勇气和自信没有半点影响。

几分钟前，一辆因为超载而摇摇晃晃的货运列车正经过一段陡坡，由于车钩的缺陷，在距离陡坡顶端两公里多的地方断成了两半，后面那部分自然而然地后退下滑，且下滑的速度越来越快，司机觉得没有希望刹住车，他就趁车速还不是最快的时候谨慎地跳下车。后半部分车厢已经失去了控制，滑到陡坡脚下时画出了一道尖锐的弧线，随着一声刺耳的金属碰撞声，撞到了路堤上。其中一节车厢撞到花岗岩上，跟裂开的西瓜似的四分五裂。有一个柳条箱由于分量较轻，在这场意外中没有受到重创，箱子里装的是一只纯种的红斗鸡，它正被送往 100 公里外的一个小镇，那里的一个斗鸡爱好者花大价钱买下了它。

柳条箱被撞得变形了，而且裂开一道缝隙，红斗鸡小心翼翼地从裂缝钻出来，它还发出悠长低沉的叫声，仿佛是对这场车祸的嘲讽。

车祸现场惨不忍睹，车厢里运送的货物一片狼藉，红斗鸡姿态优美地跳过这堆乱七八糟的东西，飞上了最近的一棵云杉树，尽管它没受到过分惊吓，羽毛却很凌乱。红

斗鸡拍打着翅膀，梳理着羽毛，用敏锐的目光盯着那堆残骸，发出一阵得意扬扬的尖叫声，响彻了清晨沉寂的森林，仿佛是一种挑衅。在红斗鸡的眼里，先前困住它的牢笼——柳条箱子，甚至那辆装满货物的火车，都是凭它一己之力征服的敌人，它完全有骄傲的资格。

现在，红斗鸡所处的位置，正是这片荒野的中心地段。这里有一间简陋的小木屋，是方圆20公里唯一有人居住的地方，里面住着线路工区的工人，守卫着一段铁路旁轨和一个生锈的水箱。这里的树木以云杉树为主，还有少量的桦树和白杨，早在大约5年前就已经被伐木工人砍光了，现如今只剩了这棵云杉树，当然，那些贪得无厌的斧头留下的痕迹依然随处可见。窄窄的拖运道（通向木料场的搬运木材的道路）在荒凉的森林中四通八达，拖运道上长满苔藓，有些地方已经被灌木丛覆盖。其中有一条小路，大约是从红斗鸡藏身的这棵云杉树开始，从铁轨旁径直通向森林深处。

红斗鸡对周围的一切并没有太大的兴趣，它用凶猛而又充满疑问的目光环视了一下四周，最后落在通往森林深处的小路上，它决定顺着这条路走下去，希望这条路能指引它找到自己的同类，它自然能够在鸡群里建立起自己的统治地位，如果那里已经有其他斗鸡统领，这更会增加它的斗志。

红斗鸡决定开始它的探索之旅，它拍动着翅膀，打算从藏身的树上跳下去，突然，一个长着宽大翅膀的影子从它身上掠过。红斗鸡环顾四周，敏锐的眼睛向空中望去……

灵犀一点

世界各地几乎都有斗鸡的娱乐传统，利用鸡形目的鸟（也有其他目的鸟）在发情期好斗的特点，来进行比赛。斗鸡以体型魁梧、结构匀称紧凑、肌肉发达强健、性强悍、善斗为基本特征。

第二章 与鹰搏斗

鹰对红斗鸡的这些挑衅毫不理会，仍然抬着一只爪子静静地等待着，它完全没意识到，这是红斗鸡发出的决斗信号……

原来是一只鹰正在觅食，它刚刚从红斗鸡的头顶飞过。鹰从没见过站在树上颜色如此亮丽的红斗鸡，它停止了飞行，翅膀一动不动，仔细观察这个奇怪的精灵。

这只鹰实在太饿了，何况在它看来，除了白头鹰、苍鹰和那种体形巨大的猫头鹰外，谁都不是它的对手。鹰犹豫了不过一秒钟的时间，接着就用力拍打着翅膀，对着红斗鸡这个不同寻常的猎物俯冲下来。鹰捕捉过很多猎物，根据它的经验，有的会因恐惧而蜷缩起来坐以待毙，有的会极度恐慌地寻求避难所。然而，红斗鸡的行为让鹰无比惊讶，这只糊涂的红斗鸡竟一动不动地站在树上瞪着它。红斗鸡半举着翅膀，脖子上的一圈羽毛充满挑衅地直立着，两只眼睛警惕地斜视着上方的鹰。无比惊讶的鹰也有几分恐惧，在距离红斗鸡还有约 5 米的时候，它犹豫不决，一度想停止俯冲。这种念头不过一闪而过，在这只鹰充满野性又争强好胜的心里，恐惧占据的只是很小的角落。迟疑了片刻，鹰再度鼓起勇气俯冲，用它那钢铁般锋利的爪子扑向红斗鸡……

然而，鹰扑空了！红斗鸡在一个恰如其分的瞬间，凭借着它那双强有力的翅膀向上一跃，轻如鸿毛，又快如闪电，它径直越过对手的后背。在这个过程中，红斗鸡用它爪子上的铁刺向下扎去，其中一根正好扎进鹰的肩关节处，使鹰的那只翅膀无法动弹。红斗鸡的两只爪子上都有铁刺，这是两根将近 7 厘米长、笔直的、一端细如针头的武器，是主人专门为红斗鸡配备的。

剧烈的疼痛让鹰几乎失去知觉，它拍打着翅膀摔落到地上，与此同时，红斗鸡犹如一道红色的闪电，飞快地降落在距离鹰约 2 米的地方，时刻准备着接受第二轮攻击。鹰依靠尾巴以及一侧完好的翅膀撑起自己的身体，拖着另一侧受伤的翅膀，努力从刚才的失利中恢复过来，它张开嘴巴，愤怒地抬起一只爪子。

红斗鸡用自己的方式击败对手后，再次向鹰冲过去，双方距离很近的时候，红斗鸡突然停下，为下一次的攻防做准备。只见红斗鸡两脚略微分开，翅膀微张，脖子上的羽毛根根竖起，锐利的喙向下垂着。红斗鸡看见鹰停止了动作，紧紧地盯着自己，那种英勇无畏的眼神和自己一模一样。于是，红斗鸡打算再度向鹰发起挑衅，它放松了戒备，带着一丝轻蔑与傲慢的神情，看了看地上的小树枝和小草叶，猛然把这些不屑于当成食物的东西叼到一边，同时以闪电般的速度再次向鹰亮出它锐利的喙。

鹰对红斗鸡的这些挑衅毫不理会，仍然抬着一只爪子静静地等待着，它完全没意识到，这是红斗鸡发出的决斗信号。

红斗鸡发现自己的嘲讽与挑衅没有起到任何作用，就小心翼翼地绕到左边，好像要从侧面进攻。鹰迅速掉转头面对着红斗鸡，不幸的是，这边恰恰是鹰翅膀受伤的那一侧。受伤的翅膀动弹不得，根本无法进行防御。为了应对攻击，鹰本来就站立不稳的身子更加不平衡。红斗鸡察觉到了自己的优势，它迅速冲过去，用它具有杀伤力的脚趾上下攻击。红斗鸡把鹰猛地向后摔去，一根铁刺刺向鹰的喉咙，另一根铁刺向鹰的腹部。鹰被甩落的时候，用力扯住红斗鸡，一只爪子狠狠一抓，从红斗鸡大腿上连毛带肉扯下一大块，几片红色的羽毛飘荡在空中。战斗很快见了分晓，鹰的翅膀无力地拍动了几下，就直挺挺地躺在地上，一动不动了。红斗鸡迈着高傲的步伐从鹰身上踏过，连啼三声，这一长串嘹亮的啼叫，似乎在向荒野中的其他勇士示威：胆敢前来挑战的对手必将和鹰的下场一样。

红斗鸡静静地站着等了几分钟，仔细倾听是否有谁回应它的挑战，荒野上只有风的声音。既然没有对手应战，红斗鸡便转过身，迈着优雅的步伐走向拖运道，向着森林深处走去，它对于被杀死的那只鹰不屑一顾，甚至连自己大腿上的伤口也毫不理会。

灵犀一点

　　红斗鸡凭着机智和勇敢战胜了鹰。机智是指机灵而又智慧，是一种无坚不摧的力量；勇敢指不怕危险和困难，有胆量，不退缩。一个人面对困难时需要机智勇敢。

第三章　遭遇狐狸

说时迟那时快，狐狸突然从树丛中飞奔出来，穿过灌木丛的绿色枝条向红斗鸡猛扑过来……

森林里看似荒无人烟、无比寂静，实际上到处有充满敌意的眼睛和许多未知的危险。红斗鸡漫步在昏暗的云杉林中，无所畏惧地注视着路边的一切，带着浓厚的兴趣与好奇，而丝毫没有感觉到恐惧与忧虑。红斗鸡偶尔在鲜红的刺玫瑰丛中啄两下，这些花丛这一簇，那一簇，点缀着路边的小丘。无论红斗鸡对路边这些新奇的食物多么感兴趣，它都丝毫没有放松警惕，它下意识地认为，不一定什么时候，像它一样强悍的敌人就会发现它，并同它展开殊死搏斗。无论红斗鸡警惕的是什么，对于它来说，所有未知的对手都和想象中的敌人那样需要时刻提防。

红斗鸡来到一个尚未腐烂的老树桩旁，不久前，一头寻觅林蚁当食物的熊劈开了这个树桩。阴湿的土壤下覆盖着杂乱的树枝，吸引了红斗鸡前来觅食，在这里，它啄出了一堆白白胖胖的林蚁。这些食物非常可口，红斗鸡不想独自享用，它脚下踩着美食，用它那充满诱惑力的腔调高声叫起来，希望羞答答的母鸡们从灌木丛中争先恐后地跑出来，回应它殷勤的邀请。红斗鸡叫了几声，没有听到任何回应，依然信心十足地环视着四周。突然，红斗鸡有一种不祥的预感，它察觉到身后的树丛中有些响动，一个皮毛略带黄色的动物正借着枝叶的掩护缓慢地向它靠近。红斗鸡匆匆吞下一只林蚁，小心翼翼地盯着一只正慢慢向它挪动的狐狸。

在此之前，红斗鸡没见过狐狸，在它看来，这就是一条鼻子尖尖、野蛮而灵活的狗，不过是尾巴上长着浓密的毛罢了。红斗鸡并不怕狗，可它知道对付一条体形比自己

大很多的恶狗，它必须全力以赴。很显然，这条"狗"在打红斗鸡的主意。红斗鸡稍微蜷缩身体，翅膀放松，肌肉绷紧，准备起跳。

说时迟那时快，狐狸突然从树丛中飞奔出来，穿过灌木丛的绿色枝条向红斗鸡猛扑过来。红斗鸡腾空跃起，就在这时，狐狸朝着红斗鸡机敏地跳了起来，猛地一口咬下去，可惜它只咬到了几根亮丽的羽毛。红斗鸡飞到一根离地约2.5米高的树枝上，用力拍打着翅膀，伸着脖子往下看，凌厉的目光紧紧盯着狐狸，嘴里还不停地叫着"喔——喔——喔"，好像在挖苦和盘问对手。狐狸非常恼怒，它痛恨红斗鸡愚弄自己，它这种心理比其他野兽更强烈。狐狸环顾四周，瞅瞅有没有其他动物在看热闹。接下来，狐狸又装出一副满不在乎的样子，抓掉嘴里残存的鸡毛，好像突然想起什么事，小跑着离开了。

狐狸离开大约30米远的时候，红斗鸡从树上飞下来，又落到刚才觅食的地方。红斗鸡假装在刨虫子，实际上一直在盯着那只潜藏的狐狸。红斗鸡神情傲慢，高声啼叫了几声，尽管这刺耳的长鸣分明是对狐狸的挑衅，狐狸假装什么都没听到。红斗鸡又叫了两声，结果还是一样。红斗鸡一声接一声地叫着，直到再也看不见狐狸的影子才停下来。

红斗鸡继续沉着冷静地刨虫子，白白胖胖的林蚁满足了红斗鸡的食欲，它吃饱后，又飞到刚才那棵树上，低着头用喙整理羽毛。过了一会儿，那只狐狸再次出现，偷偷摸摸地从另外一个方向朝这边悄悄走来。高处的红斗鸡马上发现了它的行踪，随即嘲讽似的啼叫了两声，以示警告。狐狸既愤恨又羞愧，只得顺着原路逃走，去寻找比这只红斗鸡更容易下手的猎物。

灵犀一点

红斗鸡战胜了狐狸，除了机智勇敢，还在于它清楚双方的实力，没有轻敌，全力以赴应战。知己知彼，百战不殆。无论哪个领域的竞争，要想取胜，必须把自己和对方的情况都了解透彻。

第四章　有惊无险

　　红斗鸡还没跑出多远，就看到对面的小路上出现了一个长相奇怪的家伙，正朝它慢慢地移动着，接下来会发生什么呢？

　　这只红斗鸡有勇有谋，它心里惦记着那条凶恶的大尾巴"黄狗"，担心会再次回来找麻烦，它在树上休息的时候，一边消化食物，一边用机警的眼睛巡视四周。

　　森林里的空荡和寂静都是暂时的，大约过了十几分钟，再次充满了生机。一棵即将枯死的树上，一对黑白相间的啄木鸟正在上下飞舞，红斗鸡好奇地听着那"砰、砰、砰"的声音；害羞的小松鼠从温暖舒适的树洞中跑出来，带着一丝羞怯快乐地玩耍着；树上的枯枝败叶也在风中发出窸窣的声音……

　　红斗鸡仔细地打量着一只棕色的大野兔，这只兔子慢悠悠地跳着，顺着拖运道一路走来，靠在树桩旁一屁股坐了下来，乌黑的眼珠滴溜溜地转着，大耳朵左右摇晃着，森林中最细微的声响都逃不过这只兔子的耳朵。红斗鸡心里暗自思量：这只兔子体形很大，四肢看起来也充满了力量，但似乎对自己没什么威胁。红斗鸡就想从树上跳下去，把这个大家伙撵走，发泄一下刚才被狐狸抓伤的怨气。正当红斗鸡要实施这个计划的时候，兔子仿佛受了惊吓，突然一下子跳起来跑远了。

　　过了一会儿，一个身材瘦小的家伙出现了，这家伙的皮毛略带浅褐色，小短腿，细长的身体弯曲有致，三角形的小脑袋上一双凶残的小眼睛杀气腾腾。原来，兔子就是被这个家伙吓跑的。这是一只鼬鼠，红斗鸡从没见过鼬鼠，但它觉得这个家伙的威胁与狐狸不相上下，也是需要小心防范的敌人，最好躲着点，不得不正面冲突的时候，自己绝对不能掉以轻心。

　　鼬鼠的目标是追踪那只大兔子，兔子不见了踪影，鼬鼠只好又去别处寻找食物。等鼬鼠走了，红斗鸡再也等不及，它焦躁不安，急于继续寻找它梦想中的鸡群。红斗鸡沿着拖运道穿梭在两旁的树林之间，大约走出了一公里，依然没看见一只同类，它只好又回到拖运道上。红斗鸡再次警惕起来，但依旧摆出那副高傲的姿态，眼神中带着一丝傲慢。云杉林有些阴森可怕，树的影子追着红斗鸡，它再次提高了警惕，快速奔跑着，想要跑到一块开阔的地方，阳光普照、没有一丝阴影的地方。

红斗鸡还没跑出多远，就看到对面的小路上出现了一个长相奇怪的家伙，正朝它慢慢地移动着。这个家伙和兔子差不多大小，腿比兔子还要短，也不像兔子那样喜欢跳跃。这个家伙慢慢地爬着，似乎每走一步都要思考很久，黑白相间的皮毛带着点灰色，看上去脏兮兮的，黑黑的小脑袋上顶着一团铁灰色厚厚的毛发，好像整齐地梳在脑后。红斗鸡站在那里一动不动，眼睛警惕地盯着这家伙的一举一动，对方不可能马上发起袭击，但红斗鸡还是时刻

保持着警惕。

长相奇怪的家伙距离红斗鸡越来越近，大约只有三四米远的时候，红斗鸡尖叫起来，同时低下脑袋，竖起脖子上的一圈羽毛以示警告。长相奇怪的家伙好像突然发现了红斗鸡，它把自己的身体伸展到刚才的两倍大，吓了红斗鸡一大跳。它的皮毛现在看起来全成了一根根刺，原来是一只豪猪！

豪猪身体和脑袋上的刺根根竖起来，看起来有六七厘米长。红斗鸡看到这惊人的一幕，不自觉地往后退了几步。豪猪冲着红斗鸡径直走了过来，一点也不慌张，它从容不迫地走着。红斗鸡胆战心惊，但依然保持着迎战的姿态，直到豪猪离它不到一米的时候，红斗鸡用力一跃，从豪猪身上飞过，接着猛然一转身，估计豪猪也会转身与它对峙。豪猪却根本没转身，而是继续漠然地向前走，甚至懒得看周围一眼。

对豪猪的这种做法，红斗鸡深感意外，也无法理解，毕竟它之前从没见过豪猪。红斗鸡盯着豪猪的背影看了一会儿，故作轻蔑地叫了几声，转过身去，继续踏上它孤独的探索之旅。

灵犀一点

　　红斗鸡遇到了豪猪，以为会发生一场恶斗，结果却有惊无险，红斗鸡不明白豪猪为什么会漠然走开。世界上有很多稀奇古怪的动物，它们有各自不同的本领和不同的生活习性。我们要勇于发现，勇于探索，才能了解大自然更多的奥秘。

第五章　林中小木屋

鼬鼠"嗖"地冲到红斗鸡面前，它嗜血成性，生性凶残，从没见过斗鸡，它站起来，用好奇的眼神看了看红斗鸡……

森林深处有一片空地，空地中央有一间小木屋，红斗鸡漫无目的地游荡着，竟然发现了小木屋。红斗鸡高兴极了。

这间小木屋虽然以前不曾见过，但依然激发起红斗鸡很多美好的联想，它急切地跑过去，不在乎将会遇到一场艳遇还是一场争斗。

小木屋里没有人居住。从没来过森林的红斗鸡，也能看得出小木屋已经闲置了很久。小木屋的门虚掩着，唯一的小窗户上没有玻璃。无人踩踏的荒草和腐烂的木屑长在一起，长满了小屋周围，甚至从门口蔓延到屋里。房顶用树枝和树皮搭成，非常粗糙，而且中间有些凹陷，轻轻一碰好像就会坍塌。一只红松鼠得意扬扬地翘着大尾巴，站在屋顶最高的地方，红斗鸡靠近小木屋的时候，松鼠尖声地叫着，似乎在奚落这只流落森林的红斗鸡。

红斗鸡在小木屋周围四处走动，毫不理会松鼠的尖叫，虽然这里荒凉破败，它还是很兴奋。红斗鸡绕到小木屋门口，伸着脖子叫了几声，然后低下头，偷偷摸摸地踱进屋子里。空荡荡的屋子里，有一把坏了一条腿的长椅和一段锈迹斑斑的烟囱，靠着两面墙分别摆着一个上下层的床铺，以前这是伐木工人们休息的地方。红斗鸡在屋里四处打探，低声鸣叫，它飞到上铺，停在床边上，拍打着翅膀，提高嗓门大声叫了一会儿，好像在向整个森林宣布这是属于它的领地。完成这个仪式之后，红斗鸡又飞下来，走到屋外的阳光下，在门口的碎木屑里刨着，好像把这里当成了自己的地盘。红斗鸡对屋顶的松鼠视而不见，这惹恼了松鼠，松鼠一直不停地大声尖叫，辱骂红斗鸡，还做出各种动作，试图赶走这个森林里的不速之客。

红斗鸡毫不理睬松鼠，专心在木屑里寻找食物，一旦发现了可口的蛆、蠕虫或者甲虫，它就会叼在嘴里，举向空中，然后放在地上，"喔——喔——喔"啼叫几声，它希望用这种方式吸引母鸡的到来，到这一大片刚刚获得的土地上分享美食。现在，红斗鸡已经放弃游荡，它相信很多臣民会奔它而来。

　　一天下午，红斗鸡响亮的叫声引来了一只鼬鼠，当时鼬鼠正在追捕一只受到惊吓的兔子。鼬鼠"嗖"地冲到红斗鸡面前，它嗜血成性，生性凶残，从没见过斗鸡，它站起来，用好奇的眼神看了看红斗鸡，希望能快速征服对方。

　　红斗鸡看到鼬鼠冲过来，很清楚危险正在靠近。红斗鸡觉得是在自己的地盘上，面对巨大的危险，并没有过分恐惧，而且在它的想象中，随时会有一大群母鸡赶来投奔它，要想保护好它想象中的鸡群必须勇敢面对。幸运的是，鼬鼠不了解红斗鸡在打斗中的套路是什么。红斗鸡躲避开鼬鼠致命的袭击，冲着鼬鼠跳了过去，跃过它的身体，而不是四处躲藏或者掉头就跑。那一瞬间，鼬鼠惊呆了，站在那里龇着牙低声吼叫。就在鼬鼠犹豫的一刹那，红斗鸡锋利的铁刺径直刺向它的耳后，干净利索地扎进它的脑袋里。凶残的鼬鼠身体一挺，慢慢翻滚着，侧身躺到地上，半张着嘴，停止了呼吸。红斗鸡看到胜利来得如此容易，感到很惊讶，它再次把铁刺刺向鼬鼠的身体，确定鼬鼠是否真的已经死掉。红斗鸡把鼬鼠的尸体踢到一边，啼叫了几声，然后有些失落地看看四周，因为没有太多观众欣赏到它的胜利。红斗鸡不知道松鼠看到这一切会怎么想，在这个世界上，松鼠最害怕的东西就是鼬鼠，没想到它竟然败在了红斗鸡脚下。

红斗鸡杀死了鼬鼠这样厉害的对手，这个场面被松鼠看到了，然后以某种神秘的方式在森林里传开了。从那以后，森林中弱小的猎食者，再也没有谁敢去挑战这片空地上的新霸主。红斗鸡独自统治了这片空地一个星期，没有一个动物前来挑战，它虽然很兴奋，但警戒的意识丝毫没有松懈，它也一直幻想着很多崇拜者听到它的声音，就会从四面八方赶来投靠自己。时间久了，毫无疑问，红斗鸡也会感到孤独，它想再次踏上探索的旅程，没想到命运对它另有安排。

灵犀一点

　　自然界中有很多种野生动物，每一个种类都有它们独特的本领，只有靠这些独特的本领，才能在残酷的自然界中生存下来。红斗鸡不是野生动物，但它练成了独特的本领，因此能打败鼬鼠。人类也是这样，会的技艺不在多，而在于精。

第六章　半夜鸡鸣

　　红斗鸡刺耳的尖叫声吵醒了熟睡的伐木工，他立刻从床铺上跳起来，一把抓起毯子和包裹……

　　一天傍晚，一个头发花白的伐木工大步流星地向小木屋走来，他身穿灰色粗布衣服，肩上扛着一把大斧子，斧子柄上挑着一个包裹，荡来荡去。红斗鸡看到人非常高兴，走出小屋门口准备迎接伐木工。伐木工非常惊讶，在这荒无人烟的地方居然能见到"正宗的农庄红斗鸡"，可是他风尘仆仆，饥肠辘辘，无暇细想红斗鸡的来历。伐木工首先想到的是：红斗鸡的肉可以让他的晚餐变得更加丰盛，毕竟他随身带的只有熏肉和饼干。伐木工放下斧子和包裹，迅速向毫无戒备之心的红斗鸡扑去。红斗鸡聪明地躲开了，竖起脖子上的羽毛，气愤地"喔喔喔"大叫着，

127

并跳了起来，用铁刺狠狠地刺向那只冒犯自己的手。

伐木工急忙站起来，神情更加惊讶，他发窘地甩了甩手上的血。

"哎呀，我真该死！"伐木工嘴里嘀咕着，向英勇无畏的红斗鸡投去赞赏的目光。"你真厉害啊！你可真行！也许你做得对，像你这么漂亮，这么勇敢的红斗鸡，我还想掐断你的脖子，我真是活该！我包里的熏肉还很多。咱俩谁也别冒犯谁，好吧？"

伐木工从包裹里拿出一些饼干屑扔给红斗鸡，红斗鸡贪婪地在地上啄着，接着趾高气扬地围着伐木工转，明显是想再要点。饼干屑让红斗鸡感到非常高兴，它再也不用每天只吃草籽和虫子了。红斗鸡就像伐木工的影子一样跟着伐木工，神情中并没有恭顺逢迎，而是依然带着那股倔强傲慢的劲儿，伐木工也很喜欢这只红斗鸡。

伐木工在小木屋门外生了一堆火，用来加热火腿片，再烧水给自己沏了一罐头盒茶。红斗鸡和伐木工共进晚餐，红斗鸡高傲地迈着大步，叼起伐木工扔在地上的饼干屑，然后踱到火堆另一端自己的位置上。等到伐木工吃过饭，夜晚已经降临，红斗鸡满意地叫了两声，蹑手蹑脚地走进小木屋，飞到上面的铺上，梳理了一下羽毛，准备在这里过夜。红斗鸡养成了一种习惯，认为人类会给予它很多好处，它觉得伐木工这么大方地给它喂食，明天一定会给它一个鸡群，让它统领。

伐木工升起的篝火冒了很长时间烟，一直到月亮升到高高的天空才不再冒烟。伐木工睡在红斗鸡对面那张床的下铺，临睡前，他在毯子下面铺了一些干枯的云杉树枝，疲惫的他睡得非常香甜。

即使是经验丰富的伐木工人也可能会有失误，这一次，伐木工就忘了检查篝火是否完全熄灭。他上床睡觉的时候还没有风，半夜的时候，刮起一阵风，不断地向小木屋吹拂。没有熄灭的余火被风吹着又开始燃烧，看似微弱的小火苗逐渐蔓延到周围干燥的木屑上，又蔓延到小木屋同样干燥的墙面上，小木屋着火了！

红斗鸡被眼前这片亮光惊醒了，一道炽热的火光比早晨的太阳还要亮,正在笼罩着这间小屋。长长的火舌舔舔着门口。红斗鸡勇敢地大叫起来,似乎是迎接眼前壮观而火热的黎明。

红斗鸡一遍又一遍地鸣叫,因为眼前的景象让它焦躁不安,如果这是日出的话,那么这次和以往的日出好像完全不同。

红斗鸡刺耳的尖叫声吵醒了熟睡的伐木工,他立刻从床铺上跳起来,一把抓起毯子和包裹,迅速冲过熊熊燃烧的门廊,把手里的东西扔到远处安全的地方,嘴里还骂骂咧咧,因为这个星期睡得最舒服的一晚就这样被惊醒了。小木屋眼看就要被烧毁了,红斗鸡的叫声再次从小木屋里传出来,它毫不畏惧的尖叫声盖过了噼啪作响的火焰声。

"哎呀,我的天!"伐木工拍着自己的脑袋大喊一声,这位无拘无束的伐木工习惯用这样的感叹词,"救命的红斗鸡,你可不能把我叫醒了,自己活活烧死啊!"

伐木工用一只胳膊挡着脸,再次冲进小木屋,他抓起红斗鸡的两条腿,冒着浓烟冲出来,再次呼吸到屋外清冷的空气。伐木工的眉毛烧没了,一缕头发和胡子也被无情地烧掉,好在身上其他地方没有被火烧伤。受到冒犯的红斗鸡使劲拍打着翅膀,狠狠地啄伐木工,伐木工很快把它制伏,红斗鸡似乎也明白了伐木工的意图。如果红斗鸡竭力反抗，他恐怕也无能为力。伐木工用一只胳膊肘夹着红斗鸡，把两个有铁刺的脚趾绑在一起，然后裹进自己的大衣里。

伐木工说："伙计，咱们一起回家吧！你救了我一命，我心里有数，过一会儿，我先给你做一顿大餐。我会给你安个像样的家，我觉得你打遍整个居民区都不会有对手的！"

灵犀一点

半夜里，红斗鸡的鸣叫救了伐木工，伐木工又从燃烧的小屋中救出了红斗鸡。在生活中我们要懂得：善有善报。帮助别人，就是帮助自己；凡是真心助人的人，总会得到真心的回馈。

布兰尼根的玛丽

第一章　鹿与熊之战

驼鹿妈妈正悠闲地向前走着，突然在离它 5 米左右的地方，一个高大的黑影出现在茂密的灌木丛中，还伴随着一声低沉的吼声……

故事发生在 100 多年前的加拿大。布兰尼根是个猎人，他和伙伴朗·杰克逊住在森林深处的露营地，这段时间，他们一直很想吃新鲜的红肉。

布兰尼根和伙伴现在一看到鲑鱼、炖苹果和茶就恶心，他们实在是吃够了。即使是面对储备丰富的肥熏肉，或者是把熏肉和鲑鱼放在一起煎得滋滋响，布兰尼根和杰克逊也没有胃口。总之，他们已经厌倦了家里储备的食物，想到森林里打些新鲜的猎物。

布兰尼根穿上一双绿色的牛皮长筒靴，收拾了简单的行装，在杰克逊的陪伴下，悄无声息地出发了。两个人沿湖岸边狭窄的小路走着，寂静的湖边生长着一些云杉树。他们沿着小路向下走到湖边，听着湖水拍打堤岸的声音，布兰尼根突然停了下来，像个树桩一样一动不动，他的耳朵非常灵敏，而且训练有素，从喧哗的水声中他分辨出了另一种声音。

"是驼鹿把睡莲的根拔起来了。"布兰尼根低声自言自语，为了更好地隐蔽自己，他钻进路旁的树丛中，趴在地上，小心翼翼地匍匐前行。

过了一会儿，一缕阳光闪过布兰尼根的眼睛，透过错综交叠的云杉树枝，掠过平静的湖水，他在正前方发现了一头年轻的深色驼鹿。这是驼鹿妈妈，它正在爱抚着小驼鹿。一会儿，驼鹿妈妈站起来，树影婆娑中带着小驼鹿涉过浅水向岸上跑去。

布兰尼根耐心地趴在地上，一直等到驼鹿们走进能够射击到的范围，才举起枪。如果一个人住在远离人烟的森林深处，需要徒步行走5天才能到达最近的居民区，子弹对他而言就显得尤为重要。布兰尼根就是这样一个人，他不舍得浪费任何一发子弹。现在，猎物正一步步向他走来，他开始考虑怎样一招制敌。作为猎人，布兰尼根比任何人都清楚，在这个季节捕杀驼鹿违反新不伦瑞克（加拿大的一个省）

法律，就算是在其他季节，捕杀牛和驼鹿也同样违法。布兰尼根也知道捕杀驼鹿不仅违法，而且成本非常高昂。在新不伦瑞克，捕猎的季节和猎物需要严格遵守法律，就算法律允许，捕杀一头驼鹿也需要交 500 美元。驼鹿的肉味道不错，如果要花费一大笔钱的话可不值得。

布兰尼根心存侥幸，他想：在这个偏僻的湖泊周围，至少 160 公里范围内都没有狩猎监督员。他准备碰碰运气，顺便也练练枪法。正想到这里，布兰尼根看到长相丑陋的驼鹿妈妈离开湖水，窜到白色沙滩旁的灌木丛中，他毫不犹豫地用枪开始瞄准，准备射击。旁边的那头小驼鹿不停地跳来跳去，布兰尼根无法瞄准目标，他的手指刚要扣动扳机，又不得不停下来，他只好等待更好的时机。

驼鹿妈妈正悠闲地向前走着，忽然在离它 5 米左右的地方，一个高大的黑影出现在茂密的灌木丛中，还伴随着一声低沉的吼声。转眼间，黑影离驼鹿越来越近，又突然向前一跃，好像要把它压碎在地上。布兰尼根放下枪，脸上露出惊喜的笑容。

"谢谢你，好心的熊先生。"布兰尼根嘀咕道，"这样狩猎监督员就不会责怪我了。"但是，事情并没有像他预料的那样发展下去。看起来傻乎乎的驼鹿现在完全清醒了，从头到脚打量着攻击者，它跳到一旁，及时躲避了熊的正面攻击。熊张牙舞爪地一下子扑上来，没有抓破驼鹿的后背，只是在驼鹿的身体一侧划了个长长的伤口。

受伤的驼鹿妈妈飞快地跑起来，抬起有力的前蹄狠狠地踢在熊身上，刚好踢到肩膀上，熊感到一阵疼痛。如果是一头年轻的熊，未必是这头驼鹿的对手，快如闪电般迅速地踢打，难以捉摸的袭击，都可能把熊打得血肉模糊，或者羞愧得落荒而逃。但这头熊是成年的大熊，经验丰富，不会轻易输给一头驼鹿。熊正想反扑，布兰尼根的枪响了，子弹擦着熊呼啸而过，熊被可怕的子弹吓坏了，猛然后退了几步，一屁股坐在地上，整个身体蜷缩在一起。愤怒的驼鹿妈妈再一次疯狂地冲过来，它有些得意，想以最快的速度结束这场战斗。熊迅速回过神来，狡猾地避开了驼鹿的这一击，挥动前掌打过去，把驼鹿腿部的关节打断了。然后，熊高大的身躯向前一扑，向下猛撞在驼鹿的脖子上，随着"咔嚓"一声，驼鹿的脊椎骨像粉笔那样折断了，让人听了很不舒服。顷刻间，驼鹿妈妈像一袋碎木屑那样倒下去，它又黑又长的嘴巴一张一合，鲜红的舌头伸在外面，它正恐惧地看着死亡一点点逼近。

熊狠狠地咬住驼鹿的脖子，发出一阵满意的叫声。这时候，布兰尼根开枪了，子弹重重地射向熊。熊中弹后，双腿直立，猛地站立起来，在空中挥舞着熊掌，就像抽筋一样转了一圈，然后四脚着地倒了下来。一直在旁边观战的小驼鹿早吓得目瞪口呆，小驼鹿看到这恐怖的一幕，心里更加害怕，用粗哑的嗓子叫了一声，迈开步子，摇摇晃晃地跑进了树林。

灵犀一点

布兰尼根是个优秀的猎人，而且成为鹿与熊之战的获利者，但他心存侥幸、不遵守法律的行为应该受到谴责。无论何时何地，我们都要遵守法律规定，堂堂正正做人，踏踏实实做事，做个遵纪守法的好公民。

第二章　小驼鹿玛丽

布兰尼根这时候太忙，无暇理会任何愚蠢的玩笑。他把手和衣袖都放在死去的驼鹿身上，反复蹭来蹭去……

布兰尼根心满意足，他从隐蔽的地方走出来，去查看自己的两个猎物。根据他的经验，熊肉质粗糙，气味难闻，小熊的肉勉强可以吃，这头大熊的肉根本不能吃。幸好还有这头大驼鹿，驼鹿肉质鲜美，够他们吃一阵子了。

布兰尼根拿起猎刀，在靴底磨了磨，熟练地剥下了熊皮并且卷起来，然后用柳条系好以便托运。布兰尼根在湖里洗了手，转身拿起熊皮，回到同伴身边。他们可以把死驼鹿运回露营地，这样就能很方便地把猎物切成小块。布兰尼根和同伴把死去的驼鹿放到雪橇上，沿着小路越走越远，即将消失在森林深处。布兰尼根总觉得身后似乎有什么东西，他停下脚步，回过头看了看，只见那头孤单的小驼鹿站在灌木丛中，探出头正可怜巴巴地望着自己。

"也许我应当把这个小家伙也一起杀掉，不然它也会被熊吃掉。"其实，猎人布兰尼根也有一颗慈悲的心，对可爱的小动物心生怜悯，他最终还是决定不捕杀小驼鹿，让它有机会自己照顾自己，慢慢长大。

布兰尼根和同伴拖着雪橇轻快地走着，半个小时后，到湖边休息了一会儿，当他们回来时，发现小驼鹿低着头站在驼鹿妈妈的尸体旁边。看到有人走近，小驼鹿向后退了10米左右，躲到灌木丛中。然后，它就站在那里，用温顺焦虑的眼神看着布兰尼根和杰克逊。

"咱们在动手的时候，给这头小驼鹿也来一枪。"杰克逊提出了很诱人的建议，"它看起来很肥，味道应该不错!"

布兰尼根决定不伤害这个可怜的小家伙,他很激动地反驳。"见鬼!"布兰尼根尽量用委婉的语气说,"我捕的大驼鹿肉还不够你吃的吗?我已经许诺不再伤害这头无亲无故的小驼鹿。"

"小驼鹿现在太小,根本不能养活自己,就算我们不杀它,总有一天熊也会吃掉它。"杰克逊争论道。

布兰尼根对小动物很有同情心,这点对于猎人来说有点不合逻辑,但是保护小驼鹿的想法还是占了上风。

"这是我的地盘!"布兰尼根固执地坚持着自己的意见,"我已经说过,这个可怜的小家伙应当有机会自己生活,它可以渡过难关。希望它好运。而且我们也已经得到了想要的食物。"

"如果你真把它当作孤儿看,我就不再伤害它了。"杰克逊只好让步。

布兰尼根紧皱着粗黑的眉毛,他在想小驼鹿是不是能够吃一些咸玉米稀饭,即使它的胃口很好,是否能承受如此巨大的饮食变化呢?

杰克逊看到同伴愁眉不展,就问他是不是肚子疼。其实,布兰尼根的焦虑都是因为他担心小驼鹿,因为自己伤害了它的妈妈倍感内疚,什么话都不想再说。

到达营地后，杰克逊从屋里拿出小刀准备工作，他想把猎物先剥了皮，再把肉分成小块。布兰尼根突然打断杰克逊，他做出了一个决定。

"别那么着急。"布兰尼根说，"小驼鹿——我们叫它玛丽吧。也许就在附近呢，难道你就不考虑它的感受吗？它会来阻止我们的，在它眼前切割它妈妈也太残忍了！等我把它拴到露营地后面再动手。我会去给它喂点玉米粥，因为我们也没有合适的牛奶给它。"接着他就走过去，把绳子从猎物身上解开。

杰克逊叹了口气，表示妥协，他一屁股坐在驼鹿的尸体旁边，从马裤口袋里拿出又短又粗的黑色陶制烟斗。

"看来你要给玛丽当妈妈了，对吗？"杰克逊故意拖长语调，用戏谑的语气说道，"布兰尼根，如果你剪一下自己的爱尔兰小胡子，它会立刻把你当作家庭成员的一分子。"

布兰尼根这时候太忙，无暇理会任何愚蠢的玩笑。他把手和衣袖都放在死去的驼鹿身上，反复蹭来蹭去，然后慢慢地靠近小驼鹿，还轻声细语地说着话，表示安抚和关心。小驼鹿当然不可能听懂人类的语言，但它似乎能够从布兰尼根的语气中感受到友好，至少能感觉到布兰尼根没有敌意。小驼鹿微微向后退了一步，身体缩成一团，鼻子哼了一声，不过至少它允许布兰尼根伸开手指抚摸自己湿乎乎的下巴。布兰尼根的手指有妈妈的气味，这让小驼鹿更安心。小驼鹿很饿了，把布兰尼根的手指含在嘴里，用力吮吸着。

"可怜的小家伙。"布兰尼根说道，他被小驼鹿对自己的信任感动了，"你应该喝一些我做的粥。"布兰尼根把手指放在小驼鹿的嘴巴里让它吮吸，另一只手放在小驼鹿的颈部后面，他毫不费力地把小驼鹿带到露营地后面，然后把它拴起来，不让它看到杰克逊肢解驼鹿妈妈的一幕。

小驼鹿吃着布兰尼根做的稀饭，生存下来了，而且慢慢长大。很快，小驼鹿就可以不用吃稀饭，而是吃一些喜欢的树叶和树枝。小驼鹿不仅有了玛丽这样可爱的名字，它也真正成了这个家庭的成员，它把布兰尼根当作父母，形影不离地跟在他身后，它怀着友好的态度看整个世界，也宽恕了杰克逊的行为。

灵犀一点

人性是复杂的，猎人布兰尼根也有善良的一面，他收养了小驼鹿。善良是一种美德，善良如同明媚的阳光，能照亮整个世界，让生活更美好。

第三章　飞来横祸

命运之神似乎对玛丽的幸福生活心生嫉妒，她把魔爪伸向这个快乐的小家，事先没有任何征兆……

到秋末的时候，玛丽的腿长得又细又长，不过，它走路笨拙，不是挡住别人的路，就是撞倒东西。作为家庭成员，它的地位却很稳固，它受到布兰尼根的万分宠爱，而且作为一个性情温和的小伙伴，它也得到了杰克逊的认可。就像杰克逊常说的那样，小驼鹿虽然长相不漂亮，但在选择朋友方面，它倒是很有头脑。

玛丽自然而然地成为家庭的一员，它能够自由进出小屋，大多数时间都在屋里，尤其在吃饭时间或者遇到恶劣的天气，它更喜欢待在屋里不出来。布兰尼根不让玛丽睡在屋里，觉得这样不利于它的健康成长，也不准它睡在外面，因为夜晚的森林常常会受到熊、山猫、野猫等动物的侵扰。布兰尼根在小屋的外墙边上建了一个稳固的围栏，这个围栏又大又通风，有屋顶挡雨，而且还能抵御食肉动物的袭击。玛丽睡在围栏里非常安全，但它也有非常害怕的时候。寂静漆黑的夜晚，布兰尼根和杰克逊在小屋的双层铺上睡得正香，玛丽看到一个模糊的黑影在围栏周围徘徊，一双可怕的眼睛透过围栏紧紧盯着它。这时候，它会惊恐万分，发疯似的大叫起来。布兰尼根听到叫声，立刻从床铺上翻滚下来，冲出小屋。然后，可怕的黑影会很快消失在黑暗中。

冬天渐渐来临，温暖的季节过去了，寒冷和冰雪成了主旋律。

雪花漫天飞舞，连玛丽的围栏都被深深地埋在雪中，只能挖一个坑道通到围栏门口。接连几天，雪一直下个不停，积雪太厚，很多树枝被压断了，发出的巨响就像寂静的夜晚开枪发出的声音那样惊人。冰雪覆盖的小木屋里食物充足，温暖如春，尽管玛丽有时候享受不到这些，但在加拿大北部，它算是生活最舒适的小驼鹿了。当然，玛丽有时候也会感到孤单。每当布兰尼根和杰克逊穿着雪地靴离开营地，去察看他们在远处设下的捕兽夹子是否夹住了动物时，他们就把玛丽锁在围栏里。这时候，毫无疑问，

　　玛丽出于本能，会强烈地希望回到驼鹿群当中。布兰尼根和杰克逊在家时，有时候会让玛丽在小木屋里和他们做伴，这两个人常常抓住它那不停摇动的长耳朵，和它嬉戏玩耍，仿佛一家人，玛丽就完全忘记了对祖先的模糊记忆。

　　命运之神似乎对玛丽的幸福生活心生嫉妒，她把魔爪伸向这个快乐的小家，事先没有任何征兆。一天晚上，布兰尼根和杰克逊酣然入睡，小木屋突然起火了！他们当时睡得很香，直到被烟呛得透不过气，才从睡梦中醒来。布兰尼根和杰克逊从双层铺上一骨碌翻身跳下来，在令人窒息的浓烟中，他们抓起厚外套和刷净的皮靴急切地摸索着往门外跑，最后终于闯出来了，呼吸到了冰冷的空气。

　　玛丽在围栏里跳来跳去，惊恐地大声叫着。布兰尼根

146

赶紧冲过去，把围栏的门打开，玛丽猛地跳出来，把布兰尼根撞倒在雪地上，它挣扎着跑向森林深处。

几分钟后，玛丽又回来了，瑟瑟发抖地站在杰克逊身边。布兰尼根和杰克逊惊魂未定，两个人像着魔一样，不停地用双手抱起雪，试图扑灭熊熊燃烧的烈火，但是大火越烧越旺，似乎把蓬松的雪花都当成了上好的燃料。布兰尼根他们终于知道自己输了，便停了下来，现在他们俩真的是焦头烂额，连眼睛都被大火灼伤了。两个人呆呆地站在那里，眼睁睁地看着家变成废墟。玛丽把头从布兰尼根的身后伸出来，摇了摇耳朵，注视着眼前发生的一切。

面对真正的灾难，住在新不伦瑞克省边远地区的人不会咆哮怒骂，不会抓耳挠腮，他们会深思熟虑，下定决心对付困难。现在，布兰尼根终于开口了："杰克逊，我看你跑得很快啊！你有没有想到带一些吃的出来？连能咬上一口的东西都没有吗？"杰克逊回答道："我只随身带了一条腰带，把我的外套和刀系在一起，就这些。"他感觉衣服口袋里还有些东西，摸了一下说，"这里还有一些烟草，我的烟斗，还有一些绳子和一颗弯曲的钉子。可惜昨晚没什么胃口，不然真应当好好吃一顿。"

"我带了自己的老烟斗。"布兰尼根边说边举起他那个又粗又短、用黑色黏土做成的烟斗，"我有三根火柴，仅仅三根，这就是我带出来的所有东西。"

灵犀一点

　　一场意外的火灾，烧毁了布兰尼根的家。明天和意外，你永远不知道哪个先来。在人生的道路上，每个人都会遇到意外的困难和挫折，应该保持一个良好的心态，勇敢去面对，努力去克服。

第四章　艰难的跋涉

黎明来临，苍茫的大地更加寒冷。杰克逊最先停下脚步，要求休息一会儿……

布兰尼根和杰克逊把烟斗填满，为了节省火柴，他们从木桩上取火点烟。"哪条路更近一些?"杰克逊问道，"是到康罗伊北部露营地，还是穿过瑞德布鲁克到达格莱斯皮营地?"

"我觉得应该是到康罗伊营地。"布兰尼根回答道。"那你说，它离咱们有多远呢?"杰克逊又问了这个问题，尽管他和同伴一样都知道有多远。

"大概有几百公里远吧。现在路上还覆盖着一米多深的松软积雪。"布兰尼根回答完这个问题，更加忧虑。

"那咱们最好现在就开始赶路!"杰克逊提出建议。

布兰尼根很赞同杰克逊的想法，便说："咱们在这里看着这堆火，一点办法也没有，完全是在浪费时间。"于是，两个人毅然转过身，在寒冷的黑夜里，踏着厚厚的积雪，向东南方向的康罗伊营地走去。受到惊吓的玛丽现在困惑不已，紧跟在布兰尼根身后。他们离开了还在熊熊燃烧、火光四射的家园，任其在这个荒无人烟的地方燃尽。

在冬季穿着雪地靴到处行走，尽管布兰尼根和杰克逊已经习以为常，但挣扎着走过深达一米多的雪地依然非常困难，而且极为耗费体力。两个人轮流到前面开路，尽可能每 800 米一换。

布兰尼根和杰克逊曾经想过让玛丽担当开路先锋，但是玛丽不想走在前面。后来，他们勉强把玛丽推到前面，它又不认识去康罗伊营地的路。有时候，玛丽甚至坚持站到路边，更不用说带路了。布兰尼根和杰克逊只好放弃了让玛丽当开路先锋的计划，让它跟着走在后面。

现在布兰尼根和杰克逊状态极佳，体力充沛，毫无倦意。在这样寒冷的季节，两人的体力很快就被耗尽了。若是有充足的食物来补充体力，两人本来可以继续跋涉下去，以自己健康的身体抵御严寒与疲乏，但他们实在没有什么可吃的东西。布兰尼根和杰克逊开始不停地抽烟，想让胃不那么饥饿。他们很节俭，只用了一根火柴，剩下的

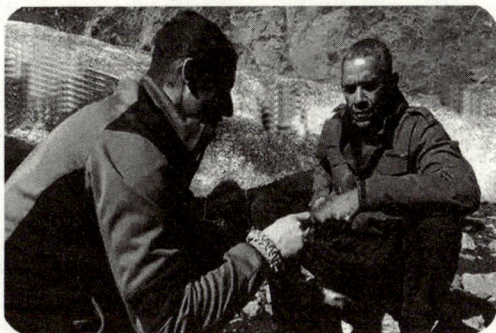

最后两根火柴可能决定他们的命运，两人就这样肚子空空地不停抽烟，抽得有点恶心了才停下来。

两个人很羡慕玛丽，只见玛丽一边走一边吃着路边的树枝和树皮。布兰尼根和杰克逊也折了一些细嫩的冷杉树枝，剥掉树皮，再刮掉里面一层白色的皮，放在嘴里咀嚼。这些树枝干巴巴的，根本没有汁液能够食用，他们很快放弃了这种无利可图的觅食行动，勒紧腰带，冷静地克制着自己对食物的渴望，继续向前走去。

黎明来临，苍茫的大地更加寒冷。杰克逊最先停下脚步，要求休息一会儿，他用抱怨的语气说道："如果我们不吃东西，就必须歇一歇。"

布兰尼根本来想坚持继续往前走，当他看到杰克逊的脸色后，就改变了主意。

"杰克逊，咱们再用一根火柴吧。"布兰尼根说，"假如不生火，肚子里又没有东西，咱们就冻死了。"

"还不到用火柴的时候！"杰克逊固执地说，"咱们得在更需要的时候用火柴。"

"这样的话，我们就只能抱着玛丽相互取暖了。"布兰尼根笑着说。

这个想法不错，于是，两人拿起铲子，挖了一个深洞，让玛丽躺下来，然后两人分别靠在它的两侧，牢牢地抱着它。经过雪地上的跋涉，玛丽也很辛苦，它一直渴望休息一下，咀嚼一下反刍的食物，所以它很愿意躺进洞里。玛丽抬起头，警惕地竖着两只耳朵，眼睛半开半闭，满意地躺在那里。寒风呼啸，依然能清晰地听到玛丽反刍食物的声音，还有疲倦的布兰尼根和杰克逊低沉的呼吸声。现在两人都已经进入梦乡，尽管玛丽能提供源源不断的热量，但是寒风刺骨，根本不可能睡很久。半个小时后，布兰尼根潜意识里的警惕性把自己吓醒了，他又把杰克逊叫醒。两人清醒了一下，又重新启程，不过两人现在已经饿得不行了。

"如果没有玛丽，真不知道我们还能做些什么。"布兰尼根评论道。

"唉，是啊！"杰克逊应声附和着。

整整一天，布兰尼根和杰克逊都以顽强的毅力继续前进，他们艰难地穿过松软的积雪，停下来休息的频率越来越高，因为严寒和辛苦的跋涉耗尽了他们的体力。

灵犀一点

布兰尼根和同伴的旅程异常艰难，他们又冷又饿，关键时刻，驼鹿玛丽给他们提供温暖，人与动物之间建立了深厚的友谊。患难见真情。最牢固的友谊往往是共患难中结成的，正如钢铁只有在烈火中才能锻造成器具一样。

第五章　生死抉择

布兰尼根很激动，也很生气，因为杰克逊说出了他的心事，而且他曾极力放弃这个想法。接下来会发生什么呢？

到了晚上，布兰尼根和杰克逊决定使用一根珍贵的火柴，他们必须好好地烤火取暖，好好睡一觉，才有可能成功到达康罗伊营地。

两个人小心翼翼地做着准备工作，不敢有任何疏忽。他们挖了一条深沟，然后在沟的一端为烧火做准备。布兰尼根和杰克逊搜集到了一些桦树树皮、枯萎的松树木须当作引火物。另外，他们还找到许多大树枝，但是没有斧子，两人只能随便骂几句解气。杰克逊小心地划了一根火柴，点着了干树皮，它慢慢卷了起来，火苗又蔓延到周围

的引火物，明亮的黄色火焰在木须和小树枝上跳跃着。这时候，跳动的火焰使树上的一只猫头鹰受到惊吓，它从头顶的树枝间匆忙飞走了。

猫头鹰飞起来的时候，带动了一根堆满雪的树枝，上面的积雪像小雪崩一样落了下来，还伴着柔和的沙沙声。雪掉在刚刚燃起的火堆上，把火扑灭了。布兰尼根和杰克逊两个人惊慌地扑向火堆，手忙脚乱地把雪扒开，希望能找到一些残存的火星，但是火堆已经完全熄灭了，就像不曾燃起过。

现在诅咒什么都没用，两人也没必要讨论什么，当天晚上，火是必须有的。

布兰尼根和杰克逊只好重新挖了一条沟，他们使用了

155

最后一根火柴，这次很顺利地点起了一堆大火，火势很旺，他们几乎在沟里热得待不下去了。尤其是玛丽，它无法忍受这样大的火，干脆就跳到沟外面。布兰尼根和杰克逊抽着烟聊天，他们聊的不是能否去康罗伊营地，而全是好吃的，什么猪肉烤扁豆，铁板牛排加洋葱，还有用黄油和红糖煮制成的大布丁。越说越感到饥饿，两个人带着对食物的渴望昏沉沉地睡着了。当他们醒来的时候，火堆剩下的灰烬中还有燃着的树枝，他们重新把火烧旺，抽了一会儿烟，把身体烤暖和了，勒紧腰带，默默地重新踏上了去康罗伊营地的路。

布兰尼根和杰克逊都在心里计算了一下，知道离营地还很远，现在似乎一切都在阻碍他们到达目的地，但他们并没有心思去考虑这些困难。夜幕再次降临时，杰克逊的身体完全垮了下来。他原本身材高大，肌肉发达，现在的他憔悴不堪，青筋暴露，他的身体里面已经没有储备的脂肪来应对这样的突发情况。天气暖和的时候，他和布兰尼根一样可以忍受饥饿的困扰，在这样的严寒中，他内心对食物的渴望正一点点将他摧毁。杰克逊实在走不动了，只好被迫停下来休息，他对自己能否恢复体力没一点自信，他嘀咕着："布兰尼根，我对周围的一切都不熟悉，也没有继续走下去的力气，你最好还是自己继续向前走吧，然后叫上营地的人回来救我。"

布兰尼根不想扔下伙伴，故意用嘲讽的语气说："杰克逊，让我自己走，也太冷酷无情了吧？你不能这样对待你的朋友！看看你现在这副悲观失望的样子，你不值得我回来救你！"

杰克逊虚弱地笑了笑，知道自己说出这样的话相当愚蠢，便转移了话题，希望布兰尼根不要觉得他接下来的建议更愚蠢。

"把玛丽吃的桦树枝拿一根给我。"他说道。

布兰尼根真的递给他一根树枝，杰克逊嚼了满满一口木屑，又吐了出来。他从雪地里站了起来，突然有了新的主意。

"这就是玛丽胜过我们的地方。"布兰尼根感叹道，"如果我们现在可以靠吃树枝树叶活下去的话，也就不用去搬救兵了。"

"如果玛丽不是咱们的伙伴，"杰克逊说，"那就有办法了，我实在饿得不行了，能把它连皮带骨头都生吞了。"

玛丽似乎听懂了杰克逊的话，它想做出些响应，就用自己的长嘴巴亲切地在他身上擦来擦去，轻轻地咬着他的衣袖。

布兰尼根很激动，也很生气，因为杰克逊说出了他的心事，而且他曾极力放弃这个想法。"如果没有玛丽，我们现在也不可能活着。"布兰尼根坚决地说道，"有了它，我们才没冻死！"

"布兰尼根，你千万别因为我刚才的话生气。"杰克逊轻轻地挠了挠玛丽长长的棕色耳朵，回答道，"玛丽是你的朋友，也是我的朋友，我不会吃同伴的。平心而论，咱们应该和玛丽同甘共苦。当然如果是另外的小驼鹿，那就另当别论了。"

"好吧！好吧！你说的对。"布兰尼根回答道，他的情绪已经平静了许多，看到杰克逊那张面无血色的脸，也就原谅了他。

布兰尼根深爱着玛丽，爱得几乎有些荒谬，完全超出了一个猎人对动物的爱。同时，他又提醒自己：玛丽毕竟只是一头小驼鹿，而杰克逊可是自己的伙伴。

布兰尼根终于理清了自己的思绪，他心情沉重，又回到了刚才的话题。

"杰克逊，你是对的。"他无奈地说，"我们得快点到达康罗伊营地，要想活着到那里，就只能牺牲玛丽了。可怜的玛丽！它毕竟只是一头小驼鹿。如果它能明白事理的话，它一定会感到骄傲的！"

灵犀一点

　　布兰尼根深爱着玛丽和他的伙伴，最后决定为了杰克逊能活下来，牺牲小驼鹿，其实，无论哪种选择他都很痛苦。我们的人生之路往往面临很多选择，需要我们理性判断，做出正确选择。

第六章　营地老板的建议

杰克逊猛地放下茶杯，惊讶地看着老板。布兰尼根以为老板只是在说笑，他也跟着笑了笑……

听到布兰尼根的话，杰克逊很生气。在前行的路上，他禁不住靠在了玛丽的肩膀上。"不能这样做，"他有气无力地说，"不要因为我的缘故杀死玛丽，千万别忘了，这样做没有好处，即使我快死了，我也不会拿它去换一个铜子。我和玛丽在一起，真的很快乐。"

布兰尼根深深地叹了口气，他当然也舍不得牺牲玛丽，如果真要那样做，也希望痛苦时刻晚些来临。"杰克逊，咱们就按照你想的那样做。"他嘀咕道。布兰尼根咬牙做出这个决定，因为杰克逊已经相当虚弱，急需补充营养，玛丽应当在这个时候牺牲自己。毕竟，不管玛丽如何看待这件事，牺牲自己保全杰克逊是它最值得做的一件事。

布兰尼根一边迎着风雪艰难地向前走，一边天马行空地想着一些奇怪的事情。他摘下手套，露出手指一直抚摸着玛丽，他在为自己对它的背叛请求原谅。深冬的夜晚来得特别早，沉沉暮色落在杰克逊那几乎呆滞的双眼上，让人觉得没了希望。他现在几乎斜躺在玛丽的肩膀上，沉甸甸的，让玛丽觉得有些讨厌。有时候，玛丽会抱怨地哼哼几声，试图温和地抖动身体，想让杰克逊下来。布兰尼根不时提醒玛丽稳重些，玛丽一直乖巧听话，它根本不会违背布兰尼根的命令。

现在，布兰尼根盯着自己的伙伴杰克逊，看着玛丽低垂的头，感到心情十分沮丧。也许，他以后再也不会看到

玛丽的脸了。布兰尼根心情异常沉重，幸福的玛丽！可怜的玛丽！它的生活多么简单美好，可是，它的生命就要到此结束了。

布兰尼根努力抑制住自己的情绪，装出一副兴高采烈的样子。他拿起了长刀，把手套放进口袋，心里想着自己出手一定要又快又准，还要让玛丽不痛。可是他的手指情不自禁地颤抖起来，胃里感到一阵剧烈的恶心，他实在不忍下手。

布兰尼根放开长刀，注视着前方，突然发现一道黄色的微光穿过树林照过来。为了确定是不是真的，他揉揉眼睛又仔细看了看，然后冷静地戴上手套，"玛丽！"他尽量用平静的语气说，"你已经没有机会了！你不用成为英雄了！"

"布兰尼根，你在嘟囔些什么呀？"杰克逊没听明白同伴的话，无精打采地问道。

"前面就是康罗伊营地了！"布兰尼根哭着说。然后，他开始大声呼喊着求救。杰克逊也站立起来，瞪大眼睛看着黄色的光。营地的大门猛然打开，黄色的微光变得越来越亮，杰克逊听到他们的求救得到了回应，高兴得倒下来，直接趴在玛丽背上。在最后的这几个小时，他一直精神高度紧张，现在终于支撑不住了。

　　两个饥寒交迫的人得救了，温暖的房子，充足的食物和睡眠，使他们很快恢复了体力。

　　第二天晚上，在营地中间，杰克逊和布兰尼根坐在木桌旁享用晚餐，他们狼吞虎咽地吃着煮黄豆、咸肉，嚼着苹果脯，大口喝着红茶，一边讲着他们的经历，感兴趣的货车司机和屠夫听得津津有味。玛丽被关在马厩里，它舒服地嚼着干草，想知道它的伙伴现在怎样了。

　　新不伦瑞克省木材营地的人都身材高大，慷慨大方，不过他们性子也比较急，有时候容易争吵起来；遇到紧急情况时，他们又异常冷静，寡言少语。然而，营地的老板却是另一种人，他精力充沛，对事情相当挑剔。他已经习惯了去控制这个人种混杂的木材营地，他的内心和言行一样粗野，觉得别人都该听从他的命令。

　　趁着杰克逊和布兰尼根说话停顿的时候，老板突然说："朋友，我们很讨厌咸肉，也没有新鲜牛肉，带着大量金钱去外面买的话，实在太不方便了。你们带来的那头胖胖的小驼鹿真不错，我们刚才很容易就捉到它了。你们想要多少钱呢？"

　　杰克逊猛地放下茶杯，惊讶地看着老板。布兰尼根以为老板只是在说笑，他也跟着笑了笑。

　　"克兰西先生，驼鹿在新不伦瑞克的价格很高啊。"布

163

兰尼根愉快地说，"你在这里待了这么长时间，一定知道的。"

"是的，"老板回答道，"我们这个营地很偏僻，方圆160公里内都没有猎物监管员，就算有的话，我也愿意冒险去试一试。这头驼鹿你们想要多少钱？"

营地老板提出了要买小驼鹿的建议，一本正经的口气说明不是开玩笑，布兰尼根的脸一下子绷紧了。

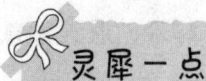

灵犀一点

　　布兰尼根和杰克逊都对小驼鹿的感情很深，他们获救后，营地老板提出购买小驼鹿。真正的感情，多少金钱也买不到；真心，多少金钱都换不来，因为情谊无价。

第七章　幸运的玛丽

他略做思考，权衡了一下利弊，便强压住怒火，想说
一些挽回面子的话……

营地老板是救命恩人，布兰尼根不想得罪他，于是，
他放慢语速，小心地说："现在是全年禁止捕猎驼鹿的季
节，不管给什么价钱，我们都不会卖掉玛丽。"

四周突然安静下来，只能听到桌上餐具碰撞的声音，
接着，杰克逊补充说："克兰西先生，的确是这样。"

老板发出不耐烦的叹气声。在营地，以前还从来没有
人反对过他，他一时有些不适应，但又不好发作，毕竟面
对的是来自远方的客人。他只好说："好吧。无论怎样，
谁也没权私自占有驼鹿！"

"我们不这样想，"布兰尼根回答道，"这头驼鹿一直

和我们一起生活!"

布兰尼根的态度让老板感到很生气,他严厉地说:"我告诉你,在森林里,这些野生动物根本不属于任何人,也不存在有产权的说法。这头驼鹿现在就在我的马厩里,只要我需要,它就是我的。我根本不需要经过任何人同意。你们两个人运气不佳,现在又疲惫不堪,我不想乘人之危。我可以按照优质牛肉的价格买下驼鹿,你们可以拿着钱离开。"老板一边说着一边从座位上站起来,好像马上就要去牵小驼鹿。

老板不理解布兰尼根和杰克逊对驼鹿的感情,营地里有些人还是理解的,这些人已经喊叫着,表示反对。不过,老板置若罔闻,径直向门口走去,他还没走出几步,杰克逊已经站在门口,拿起一根底部包有钢皮的钩棍。他的身体还没有完全康复,不过作为一个伐木人,他还是血气方刚。只听见杰克逊叫嚷道:"吉姆·克兰西,你这个该死的家伙,你们谁都不能杀小驼鹿!"克兰西咒骂了一句,快速向前冲去。这时候,布兰尼根相当冷静地挡在了他面前。

"克兰西先生,你最好等一下。"布兰尼根说,"先好好想想,这头小驼鹿曾经和我们同甘共苦,对我们来说,它是最亲密的朋友!"

　　布兰尼根想起了和小驼鹿在一起的美好时光，冬天和它在温暖的房子里嬉戏，夏天带它到湖边洗澡，它是最亲密的朋友，甚至是亲爱的家人。

　　布兰尼根说话的语调和行为举止都很有礼貌，同时他把又大又瘦的拳头握得紧紧的，连手指关节都变白了。不管是要打一架，还是争论一番，他都毫无惧色。

　　老板停下了脚步，他在脑海中快速思考着，突然意识到了这两位客人毫不屈服的决心，他们不会对任何事情畏缩。如果他坚持要在营地杀死小驼鹿，自己也捞不到多少好处，他没有把握能战胜面前的这两个人；再说，自己手下的工人也可能会反对他。他略做思考，权衡了一下利弊，便强压住怒火，想说一些挽回面子的话。这时候，他手下的一个伐木工走过来，给他打了圆场。

"克兰西先生，我们倒不是那么想吃新鲜的驼鹿肉。"他咧开嘴笑着说，"我们更愿意等着吃牛肉呢！"

"是啊！是啊！"为了息事宁人，有几个人也跟着附和。

克兰西轻声说道："小伙子们，我想你们做得对。尽管我一直想得到这头驼鹿，但它属于你们，我一定会尊重你们的意见。我刚才那样粗鲁地对待客人，而且还硬想占些便宜是不对的，我希望你们能原谅我。"

老板终于意识到自己的错误，认为自己理所应当道歉，说完这些话，他才重新回到自己的座位上。

布兰尼根始终控制着自己的情绪，听了老板的话，他也放松下来，面带和善的微笑回到座位上。大家坐在餐桌旁谈笑风生，气氛又恢复了和谐，刀具和锡制的盘子互相碰撞，发出美妙的响声。

杰克逊仍然站在门边，有些犹豫，不知道要不要回到桌旁。他目光犀利地看着老板，但老板一直极力避开他的眼神。最终，杰克逊放下武器，回到餐桌旁。一两分钟后，杰克逊感觉有了胃口，和大家一起说笑着重新吃起来。

对于刚才发生的一切，玛丽当然毫不知情，它安静地躺在外面的马厩里，晃动着耳朵。马厩里混杂着干草和马匹的气味，玛丽目不转睛地看着陌生的伙伴，很惬意地吃着食物。在它的生命中，有两次与死神擦肩而过，最后都化险为夷，但愿幸运的玛丽以后不再经受这样的困扰。

灵犀一点

幸运的玛丽又一次和死神擦肩而过，是因为它和人类之间的爱。孔子曰："泛爱众而亲仁。"我们不仅要"爱人"，还要做到"博爱"，无论对待人还是动物，我们每个人都应富有爱心。

奔向高峰的山羊

第一章　追踪大山羊

如果大山羊知道那个人正透过高倍望远镜仔细地观察着它，而且观察得一清二楚——那个人距离大山羊不过几百米的距离……

这是一只体形巨大的棕色大山羊，长着灰色的鼻子和嘴巴，它正稳稳当当地站在山顶，一动不动。大山羊面向太阳升起的地方，在阳光下尽情地呼吸新鲜空气。

此时，远处起伏的地平线上，太阳的光辉把冰山的山尖照得通红。大山羊那两只弯弯的角带着条纹，又大又漂亮，骄傲地挺立在头顶。大山羊站在那里，黑黄的眼睛也流露出骄傲的神情，它眯着眼睛，似乎在山峰和有湖泊点缀的山谷间搜寻着什么。山谷在它脚下绵延伸展开来，除了瀑布发出震耳欲聋的声音，周围再没有其他声音。

晨曦中，一条瀑布飞流直下，大山羊倾听着瀑布落下的声音。这里是山羊的乐园，不管是树荫密布的山谷，还是阳光灿烂的山坡，都没有山羊的天敌。大山羊是个忠诚的守望者，它坚守着自己的岗位，纹丝不动，目不转睛地盯着远处，好像被眼前无边的美景催眠了一样。

突然，一只白头鹰从它头顶低飞而过，向它挑衅般发出刺耳的尖叫。大山羊根本没在意白头鹰的挑衅，但这种刺耳的叫声打破了它内心的宁静。大山羊低下头，看着山下面狭窄得像桌子一样的岩石，那里有另外一只大山羊和六只长着尖角的小母羊，它们正在享用着山间鲜嫩的青草，那只大山羊的羊角比自己的小，而且也没那么好看。

在大山羊站立的高峰脚下，小溪雾蒙蒙的水汽笼罩着

山谷。远处的山影里，小溪边搭了一顶白色帐篷，仿佛在雾气中发出微微的亮光。这个帐篷离得太远，大山羊根本没有注意到它。即使大山羊头脑灵活，有着敏锐的洞察力，它也无法察觉有人已经从帐篷里走出来，现在正一动不动地站在帐篷旁边。如果大山羊知道那个人正透过高倍望远镜仔细地观察着它，而且观察得一清二楚——那个人距离大山羊不过几百米的距离，如果大山羊知道这一切，一定会感到无比恐惧，信心全无。

正在勘察周围环境的人名叫匹特·艾伦，在新不伦瑞克省，他做过导游，当过猎人，现在，他已经放弃追逐驼鹿、熊和北美驯鹿，迷上了到处游历。艾伦穿过新不伦瑞克省的云杉树林和水域充足的牧场，来到不列颠哥伦比亚省庞大的落基山，开始在山间溪流边的沙地上寻找色彩奇异的石头，或者到裸露在地面的岩石间寻找含有金子的石英。作为曾经的猎人，艾伦凭着直觉，本能地感受到一种强烈的来自猎物的吸引，特别是当他看到了对面山峰上那只冷静守望的大山羊。艾伦早就听说过，生活在落基山脉的野生山羊很难对付，他喜欢挑战，想再一次使用自己在东部森林中练就的捕猎技巧，独立捕获猎物，他雇了两个印第安人帮他搬运行李，但执意不让他们卷入到这场捕猎活动中。

艾伦拿着望远镜，仔细研究了大山羊所在的位置，对那个山脊和山谷的构造也研究了一番，然后回到帐篷取出自己的来复枪。他把一些冷肉和硬面包装进口袋，告诉印第安人入夜前自己赶不回来，然后就沿着从山脊流下的一条小溪前行，开始了捕猎大山羊的旅程。

艾伦刚走进灌木丛，就看不见山顶的守望者了，但他已经确定了路线，就自信地绕着山脉继续走，这样他才能在太阳落山前找到猎物。艾伦花了一个小时，艰难地穿过盘根错节的灌木丛，跨过凹凸不平的沟壑，来到一个可以看见山峰的高地，他仔细观察四周，根本没发现大山羊的影子，但他并没有失去信心，他肯定自己最终能找到猎物。

灵犀一点

未雨绸缪，有备无患。只有提前做好各方面的准备，遇到问题才能从容面对。就像艾伦，虽然他有丰富的捕猎经验，还是尽量去做捕猎大山羊的准备，捕猎的行为我们不赞同，但可以学习他为做事情而认真准备的态度。

第二章　卓越的领头羊

大山羊吃饱了，翘起鼻子，机警地闻了闻从树林里散发出的气息。然后，它继续领着羊群向山下走……

棕色大山羊是一只公羊，它是一群野山羊的领头羊，它把护佑羊群当成自己的责任，带领它们寻找鲜美的青草，躲避天敌的追杀。

山峰下面的这块岩石上长了一些鲜美的青草，但不是很多。羊群饿极了，争先恐后急切地啃着青草，不一会儿就把茂密的草吃光了。它们抬起头看着领头羊，它们还没有吃饱呢。经验丰富的大山羊冷静地看着这一切，慢条斯理地跳下山峰，也不在乎自己没吃一口青草。在山峰边缘与羊群吃草的岩石之间，是一块陡峭的岩石，尽管岩石看起来异常光滑，大山羊灵巧的蹄子却能在岩石上找到落脚处，还不至于滑倒。大山羊轻松地跳了两下，跨过岩石回到羊群中，摇了摇它那光鲜亮丽的大羊角，带领羊群走下光秃秃的山崖。岩石失去了青草的覆盖，被初升的太阳照耀着，显得更加明亮，羊群却不关心这些，它们沿着长满树木的高高的山脊一直往前走，去寻找新鲜的青草。

这只大山羊步伐轻快，擅长在山峰上奔跑，它毫不费力就找到了一条小路。尽管这一带山脊狭窄，像是蜥蜴走的道路，或者是燕子的栖身之所，大山羊还是毫不犹豫地带领羊群沿着昏暗的山脊走着，一刻也不耽搁。羊群排成一列纵队，紧紧跟在他身后。大山羊精准无误地从一块岩石跨向下一块岩石，那高度看起来简直让人毛骨悚然，它脚步轻盈，矫健的身躯快如闪电。

大山羊跨过一些松散的石头，这些石头都是从石壁上掉下来的碎石，堆起来的形状有的像漏斗，有的像长条。它漫不经心地跳过岩石间的缝隙，这些缝隙下面就是万丈深渊。最后，大山羊看到一片枝叶繁茂的桦树林和一片有些阴森昏暗的冷杉林，这些桦树林和冷杉林周边是陡峭的山岩，几条狭窄的幽谷从林中穿过。凭借着本能和丰富的经验，聪明的大山羊知道这里并非安全地带，它领着羊群开始奔跑。

在落基山脉这个远离人烟的地方，大山羊对猎人的枪

支很陌生，除了老鹰和猎鹰，在这高高的山峰上，没有谁能与他匹敌，大山羊不用对付任何天敌。在产羔时节，老鹰是最大的敌人，威胁着母羊，大山羊需要保护它们。只要不是产羔季节，大山羊对老鹰很少担心，就连每个羊妈妈都能用自己短而尖的羊角和灵活的脚蹄对付它们。不过，山下树林边远不如高高的山峰安全，这里隐藏着狼、美洲狮、美洲黑熊和大灰熊这些可怕的天敌。没有哪只羊能抵挡住鲜嫩青草的诱惑，要想吃到这些青草，又不被天敌吃掉，羊就必须时刻靠它们的聪明才智，瞪大双眼仔细观察，竖起耳朵仔细倾听。

毫无疑问，大山羊是一只卓越的领头羊，它总能找到安全的地方吃草。现在，它领着羊群来到了一片长在碎石滩上的草地，这里的青草不是很茂密，碎石抑制了青草的生长。大山羊让羊群在这里吃草，一只年轻一点的山羊负责警卫。

这个地方很安全，离树林几百米远，四周有峭壁围着，这些擅长在山峰奔跑的山羊能轻而易举地跨过这些障碍，而那些行动迟缓的动物就无法通过，遇到灵活敏捷的天敌时很难逃脱。如果那些丑陋的灰狼突然从森林里猛冲下来，羊群会轻轻一跃，不等狼靠近，就跳上山崖飞奔逃走，犹如来了一阵风把它们刮跑了。

　　大山羊吃饱了，翘起鼻子，机警地闻了闻从树林里散发出的气息。然后，它继续领着羊群向山下走，进入其中一个幽深的峡谷，这里有更丰茂的青草。与其说大山羊带领羊群，不如说它只是让羊群走在前面，保证羊群在自己的视野范围内，并由自己断后。最年长、最谨慎的几只母羊在前面带路，它们竖起耳朵，怀疑每一丛灌木，似乎每一处树荫都藏着危险。其实，此刻这里并没有任何细微的危险迹象。

　　不一会儿，羊群到达了峡谷中的草地，开始贪婪地啃着鲜美的青草，因为它们自去年以来，很少吃到这么好的青草。大山羊则站在林间空地角落的一个小山丘上，也就是可能会有危险的地方，它不断环顾四周，保持警惕。

灵犀一点

领头羊，是羊群靠自我竞争优胜劣汰脱颖而出的，因而具有天然的崇高威望。作为领头羊，既有管理羊群的权力，又有保护羊群的责任和义务。不论管理者还是普通公民，权利和义务都是统一的。

第三章　羊与狼之战

年轻的母羊被狼堵在角落里，发出绝望的尖叫声。此时，大山羊眼睛里那种恐惧的神色消失了……

山羊对鲜嫩的青草过分迷恋，有些分心，时不时会有山羊掉队，不过队伍很快又会聚到一起。

羊群从灌木丛旁边走过，一两分钟的工夫，羊群会成扇形散开。急于觅食的羊群会随着鲜美的青草往前走，羊群的队伍随着青草的分布分散开来。有一片狭窄的山坡上长满了青草，这块草地和羊群吃草的地方成直角状交叉，延伸到树林的深处。一只心不在焉的年轻母羊离开队伍，进入了这片草地，离开羊群有 20 米左右。

年轻母羊突然抬起头，发现自己离开了队伍，就准备重新回到伙伴当中。正在这时，一个灰色的身影悄悄从树

林里蹿出来，堵住了母羊前进的路，张开血盆大口扑上来。

母羊惊恐地咩咩叫着，急忙退到那片交叉的草地上。看到自己与羊群被隔离开，母羊情绪失控了，它又转过身，试图躲开狼的攻击。

这匹狼了解母羊逃脱的办法，十分肯定它逃脱不了自己的掌心，狼并没有竭尽全力去拦截母羊。狼知道这块林地远离羊群熟悉的那片峡谷和山峰，母羊在速度上根本不是狼的对手，而且一旦母羊看到自己离群了，它就会因为极度恐慌而耗尽体力。

母羊遇到狼的前几秒钟，这匹狼不过是追着它玩，然后，狼把母羊堵到灌木丛的一个拐弯处，凶猛地朝母羊的喉咙扑去。同时，在狼的身后，羊群跳跃着，向能够庇护它们的高峰奔去。作为领头羊的大山羊，没有跟着羊群一起跑，看到狼发起了最后的攻击，它既愤怒又害怕地喷着气。

年轻的母羊被狼堵在角落里，发出绝望的尖叫声。此时，大山羊眼睛里那种恐惧的神色不见了，只剩下愤怒。大山羊并不喜欢主动攻击强悍的狼，因为它不想自寻死路，但这只年轻的小母羊是它的最爱，它想拼命一搏。狼龇牙咧嘴正准备咬住母羊脖子，忽然感觉屁股受到了重重一击，原来是大山羊铆足劲，猛地冲向狼。狼疼痛难忍，趴到了地上，等它慢慢站起来，看见母羊和大山羊消失在林间空地，距离它太远，已经追不上了。

狼竟然被山羊撞倒了，狼带着羞愧的神色环顾四周。在林地对面，站着一头黄褐色的美洲狮，正用一双小眼睛盯着狼，美洲狮发觉了狼的难堪。狼顾不上多想什么，赶紧夹着尾巴逃到树林中去了。

大山羊带着母羊追上了羊群，它寻找到一处它认为安全的高地，让羊群都停在一块突起的岩石上。羊群围着大山羊挤作一团，并且惊恐地回头望着那片草木茂盛的林地。羊群中除了那只刚刚脱险的小母羊，其他的羊并没有特别恐惧，这是因为它们信任领头羊，也信任自己的战斗

力。刚刚死里逃生的小母羊浑身颤抖，气喘吁吁，紧紧地挨着大山羊。大山羊一刻也不敢放松，它正在观察周围的树林，看看是否有天敌，随时准备应战。大山羊没再看到狼的身影，但它一眼瞥见好像有一头黄褐色的美洲狮溜到了不远处的树后面。于是，大山羊断定这个地方不适宜羊群休息。

大山羊转过身，匆忙离开，径直向山峰跑去，直到找到一个远离危险的地方。为了能将羊群的踪迹隐匿山中，不让天敌发现，大山羊带领羊群绕着山腰走了好几公里，进入了一个深谷。有一块高高的岩石可以瞭望，如果有任何天敌来进攻的话，大山羊都能及时发现，因此这里比较安全。羊群就在这阳光普照、光秃秃的山峰上休息了一两个小时。

羊群再次下山，走向林地和那片具有诱惑力的青草，摆在它们面前的是地形复杂的山脊和深谷，绵延五六公里，它们还可能会遇到早晨经历的那种危险。

灵犀一点

　　离开羊群的小母羊遭到狼的袭击，多亏勇敢的大山羊救了它。不听从指挥，贸然离开团队，独自行动，就有可能会遭遇危险。因此，我们要有集体观念和规则意识，在集体活动中听从指挥。

第四章　跟踪追击

突然，他脸色一变，蓝眼睛里愤怒的神情逐渐消失……

　　追踪大山羊的艾伦已经筋疲力尽，还是没发现大山羊的踪迹，他又失望又恼火，成群的苍蝇更让他痛苦不堪。这里的苍蝇和人烟稀少的新不伦瑞克省的苍蝇一样，数量众多，嗡嗡声如同雷鸣，而且特别喜欢围着人转。
　　艾伦想，也许捕猎大山羊并不像自己想的那样简单吧！整整一上午他都在山中转来转去，找遍了他认为大山羊可能去的地方，但还是没有发现那只棕色大山羊的踪影。将近中午的时候，他终于找到了羊群的足迹，这些足迹一直延伸到一片草地。艾伦停下脚步，深深地呼了一口气。他在冒着泡泡的泉水边喝了两口水，吃了点冰凉的咸熏肉和咸饼干，又抽了一袋烟。艾伦仔细辨认了一下，发现这些足迹其实不是刚刚留下的，由于自己匆忙鲁莽，刚才忽略了这点。他抽完烟，跟着脚印往下走，来到那片林地。作为一名有丰富捕猎经验的人，他一眼就看出林地上曾经发生过什么。这个地方竟然有狼！对艾伦来说，也算个新发现，尽管树林边的草地上没留下什么有趣的东西，艾伦对自己的发现还是很满意。

这时候，美洲狮正隐藏在离艾伦不远的树林里，好奇地盯着他。

艾伦仔细察看了羊和狼打斗留下的痕迹，继续向山峰攀登。他汗流浃背，愤怒地挥舞着手臂，从眼前、鼻子上、耳朵旁驱赶着讨厌的苍蝇。艾伦跟着羊群留下的足迹，沿道路崎岖的深谷走了三四公里，最后，他来到悬崖

脚下。根据他的判断，任何动物如果没有翅膀都不能越过悬崖，那羊群是怎么过去的呢？他陷入了沉思，也许羊群早晚还会回到这里吧！艾伦想了想，又开始继续寻找大山羊，他沿着蜿蜒崎岖的小路走下山，穿过一些草地边缘，但这里依然没有发现羊群的任何踪迹。最后，艾伦感觉自己仿佛进入了一个迷宫，几座低矮突兀的山峰、几片茂密的灌木丛和几片狭长的树林包围着他，令他困惑不已。

艾伦根据自己对山羊习性的了解，断定这个深谷是世界上最不可能找到羊群的地方。他环顾四周，寻找走出深谷的出口，一边低声咒骂自己的愚蠢，怎么竟然走到这里来呢？突然，他脸色一变，蓝眼睛里愤怒的神情逐渐消失。他看到了羊群走过的足迹！这些足迹一直延伸向一个幽深、偏僻的峡谷。毫无疑问，这些足迹很新鲜，艾伦欣喜地看着那些被踩倒的叶子。

"哎呀！"艾伦嘀咕道，"我以为自己对这些家伙了如指掌，看来并不是这样啊！"

艾伦想悄无声息地藏到灌木丛中，掩护自己。现在的问题是，他既要跟踪羊群，又要不被羊群发现。灌木丛中的路极其难走，因为灌木长得太茂盛，斜坡很高，而且崎岖不平，这让艾伦感觉很痛苦。他不得不像水貂一样，一声不响地行走，因为他听说山羊的耳朵几乎和猫头鹰一样灵敏。他还要隐藏好自己不被发现，这就迫使他不得不选择灌木最茂密的地方前行。专心对付行路的艰难，艾伦对其他不如意都顾不上了，他不再愤怒，不在乎苍蝇和炎热，汗水流到了眼睛里，就迅速地用袖子擦一下。

艾伦现在十分确定成功就在眼前了，那个期盼已久的战利品，那两只硕大漂亮的羊角就要属于他了，而且捕获落基山上最优秀的大山羊，完全靠的是一己之力。不一会儿，透过浓密的树叶，他瞥见了一只母羊，正在安静地啃着青草，离他不超过 200 米。接着，母羊慢慢走动，从他狭窄的视线中消失了。艾伦屏住呼吸，把每一种技能都调动起来，身心都集中到他的目标上去。他继续悄无声息地向前挪动着，希望马上就能看到大山羊。

艾伦没有想到的是，在这个僻静的角落里，他并不是捕猎大山羊的唯一猎手。一头长着一身粗毛、行动诡异的大灰熊盯着羊群看了好久，这家伙喜欢吃羊肉，但也知道想弄到羊肉吃并不容易。大灰熊正在靠近羊群，它偷偷摸摸行走的技巧超过艾伦。大灰熊首先看到了艾伦，它也懂得要小心翼翼，不让艾伦看到它。

灵犀一点

　　艾伦以为对山羊的习性很了解，结果还是犯了一些错误，他并没有放弃，终于发现了大山羊的踪迹。无论做什么事情，只要确立了目标，就要努力去实现，遇到困难时要全力以赴，积极面对。

第五章　人与熊交锋

大灰熊已经来到草地的另一边，几乎与艾伦齐头并进，它开始鼓起勇气，打算冲向艾伦，报复这个入侵自己领地的异类……

在这个偏远的地方，大灰熊没有学会至关重要的一课，那就是：人类是最可怕的！

在丛林生活中，大灰熊也从同类那里得到些信息，外表并不可怕的人类不可小觑。大灰熊在几次伏击猎物的过程中，无意中观察过人类，他们举止中有一种主人翁的架势，有自己所不了解的力量。迄今为止，大灰熊一直吃得挺好，对人类没有特别的不满，它克制住自己，避免和人类发生任何冲突。然而，现在这头大灰熊愤怒了，这个人竟然偷偷摸摸跟踪自己的猎物，而且已经进入了属于它的领地。大灰熊的第一反应是马上扑向入侵者，但它既谨慎又好奇，努力控制住自己的行为，或者说，它尽量延缓实施自己的报复。

大灰熊改变了路线，开始跟踪艾伦，就在艾伦偷偷跟踪羊群时，大灰熊跟在他后面。头顶上，晴空万里，一只雄鹰展翅飞过，从树叶间瞥见了这戏剧性的一幕，它眼睛一眨也不眨，轻蔑地看着这一切。

大灰熊虽然体形庞大，行动笨拙，但它在穿过杂草丛时却能和艾伦一样谨慎，甚至更加悄无声息，逐渐靠近了目标。现在，大灰熊对人这个危险的新猎物产生了浓厚的兴趣，全然忘记了先前追踪的大山羊。大灰熊已经来到草地的另一边，几乎与艾伦齐头并进，它开始鼓起勇气，打算冲向艾伦，报复这个入侵自己领地的异类。

这时候，艾伦突然停下来，把一个棕色长木棒一样的东西举上肩膀。大灰熊看到这一幕，也停了下来，好奇心取代了愤怒，这个奇怪的长木棒一样的东西是什么呢？

艾伦已经看清楚了，棕色的大山羊就站在不足百米之外，守卫着羊群，它正独自站在绿草地的一角，这时想射中它可是轻而易举的事。艾伦稳稳当当地举起枪，因为他站在一个不太稳的位置，于是他双膝跪倒，用膝盖和双脚支撑身体。然而，让他惊讶的是没等他扣动扳机，大山羊突然跳起来开始奔跑，很快从他的视野中消失了。艾伦感到很迷惑，他把枪从肩上放下来。就在这时，他产生了一种莫名的恐惧，似乎脖子和脸上的汗毛也都直立起来，他一扭头，恰好看到大灰熊从灌木丛跳出来，凶神恶煞般向自己冲过来。

面对突然袭击，艾伦迅速估计了一下自己与大灰熊的距离和位置，无比紧张地放了一枪。艾伦瞄准了这头大野兽的喉咙中部，相信能打断它的脊椎，因为他听说，如果直接打心脏的位置，并不能使熊马上停止袭击。这时候，出乎意料的事情再次发生了：就在艾伦扣动扳机的那一瞬间，他脚下的石头松动了，他开枪时摔倒在地。那发本该致命的子弹并未穿透大灰熊的脊椎，仅仅使熊的右肩受伤而已。艾伦则沿着斜坡滚下去两三米……为了使自己尽快

193

停下来，艾伦松开了枪，他焦急而愤怒地发现，自己的枪撞到一根树枝上，然后反弹到几米远的地方。艾伦终于停下来，他竭尽全力向枪爬去，他将要够到枪时，枪却从树枝间滑落，又向下掉了几米。

这时候，艾伦感到前所未有的恐惧，他看到大灰熊那庞大的身体像小山一样向自己压下来。原来，受到惊吓的大灰熊带着伤痛走了几步后，舔了舔伤口，犹豫了一会儿，又转身重新来找侵犯自己领地的人。大灰熊三只熊掌着地，愤怒地嗥叫着，忽然冲向对手……

灵犀一点

艾伦一心盯着大山羊，沉浸在即将到来的胜利喜悦中，没料到后面有熊在跟踪他，结果陷入了危险境地。我们在考虑问题、处理事情时，要深思熟虑，不要只看到眼前的利益。

第六章　救命的大山羊

突然，一个像石头一样坚硬的东西从天而降，猛然撞在大灰熊的肋骨上，使它前脚离地，身体后仰……

生死攸关的时刻，艾伦仍然挣扎着爬向自己的枪，此时，艾伦在内心深处有一个坚定的信念，这就是：自己在死之前必须拿到枪！

有时候，反复无常的命运女神就爱捉弄人，一旦有可乘之机，便会插手，故伎重施。

在下面的林间空地上，一只山羊刚遭到美洲狮的袭击，另一头美洲狮也扑向羊群，但没捕到一只山羊。看到这一切，棕色大山羊瞪大双眼，眼睛都要鼓出来了，它疯狂地跳到狭窄的斜坡上，羊群吓得不知所措，紧跟在它后面。熊挡住了大山羊的去路，疯狂逃命的大山羊已经没有时间改变方向，何况后面是紧紧追来的美洲狮。大山羊极度恐慌，它觉得就算熊是个庞然大物，与身后的危险比起来也不算什么。其实，对于这只吓破了胆的大山羊来说，前后的危险并没有区别。大山羊惊恐万分，反倒疯狂起来，它低下自己强有力的头，竖起大羊角，向阻碍它飞跑的大灰熊发起了进攻。

愤怒的大灰熊紧盯着艾伦，一心想着报仇，竟然在大山羊冲过来的那一刻并没看见。突然，一个像石头一样坚硬的东西从天而降，猛然撞在大灰熊的肋骨上，使它前脚离地，身体后仰，几乎要跌倒在地上。大灰熊受了惊吓，喘着粗气，肺里传出的声音像咳嗽时那样响。大山羊撞向大灰熊，有力的大蹄子踩在熊身上，一会儿工夫，整个羊群都跟上来，无数坚硬的羊蹄子不断踩踏在熊身上，场面一度混乱。

等大队的羊群过去，大灰熊才从惊恐中回过神来，它伸直未受伤的前掌，拍死了最后一只向它奔来的母山羊，把还在颤抖的母山羊尸体顺着斜坡远远地扔下去。接下来，大灰熊有点茫然，向四周张望着，寻找自己刚才的那个对手，它并没有因为报仇失败而有挫败感。

大山羊突然史无前例地参与到熊和猎人的战斗中，这可真有意思！艾伦一直忙于寻找自己的枪，对于大山羊的参与没有心思留意，虽说这样的事足以令人大开眼界。艾伦终于拿到了枪，现在他不用再惊慌了。就在大灰熊看到艾伦，张着大口再次向他扑来时，他开了枪，大灰熊四脚朝天倒在那里，变成了一大堆毛茸茸的东西，一颗子弹穿透了熊的后脑勺。艾伦还在新不伦瑞克省狩猎时，就素有临危不惧、头脑冷静的美誉。在那片广阔的土地上，到处是经验丰富的伐木工人和运送木材的勇士，艾伦获得这样的美誉完全靠的是自己的实力。艾伦再次举枪，打中了追上来的美洲狮。

此时此刻，没有什么能威胁到艾伦的生命安全了，大山羊已经奔跑到100米开外的山峰上，也以为自己到了安全地带。其实，大山羊完全暴露在艾伦的视线内，他举起枪，瞄准了棕色的大山羊。

艾伦历尽艰辛追寻的猎物就在眼前，那对硕大美丽的大羊角唾手可得，突然，有一股莫名的力量使劲往回拉艾伦的手臂，也许是什么东西萦绕到他的心头。

艾伦一贯讲究公平竞争，他常常以自己能在精神上恪守某些规则而自豪。他突然把枪一扔，带着几分恼怒低声吼道："把子弹打进你的身体里，这是很下流的手段。"他嘟囔道，"我不能恩将仇报，刚才是你把我从该死的困境中救了出来！"

灵犀一点

投我以木桃，报之以琼瑶。大山羊无意中救了艾伦，最后艾伦因为感恩放弃了射杀大山羊。每一个人都应该拥有一颗感恩的心，这是做人应该具备的素质，也是为人处事的原则。

召唤鹿角不对称的雄驼鹿

第一章　神秘的召唤

派德勒先吹了两三声桦树皮做的小乐器，然后停下来聆听了几分钟，接下来会发生什么呢？

秋夜，月光皎洁，一轮满月挂在空中，也倒映在水平如镜的湖面上。夜空中的云彩稀少，月光下的沙滩如同一大块洁白的象牙板，镶嵌在藏青色的水面和枝叶繁茂的森林之间。

在郁郁葱葱的枝叶构成的帘幕后面，坐着一个男人，他背倚着树，几乎与大片的阴影融为一体。他把步枪斜倚在身边的树干上，手里拿着一块喇叭形状的桦树皮，透过层层树叶窥探着外面宁静的世界。他仔细地聆听，似乎能听见自己的血液在血管里流动的声音。夜晚一片寂静，月光普照的森林中只是偶尔传来微弱的叹息声，只有听觉最敏锐的耳朵才能听见这种叹息声，好像是古老的森林在没有风的时候发出的呼吸声。

这个男人是乔·派德勒，他是个伐木工，也是个非常优秀的猎人。派德勒在藏身的地方以一种舒服的姿势安顿好自己，他不能乱动，因为这次狩猎的目标是机警的驼鹿，他知道一动不动的必要性。他还知道如果一名外来者闯入一片森林，这个消息能很快在森林里传开；他也知道，假如这名闯入者有足够的手段让自己不受注意，这片森林很快就会忘掉这个消息。如果他在一段时间里保持纹丝不动，警觉的野生动物就会认为他是个死物，而重新从事那些偷偷摸摸的猎食活动。

现在，派德勒伸手拿过步枪，横放在两个膝盖上。然后，他把喇叭形状的桦树皮放在嘴唇上吹，发出了雌驼鹿呼唤配偶时的那种刺耳而不协调的曲调，一种拖着长音类似于牛叫的声音。这种粗野的叫声自有它的魅力，在月光普照下与这片广袤的荒野显得十分和谐。

派德勒十分擅长玩弄桦树皮做的小乐器，发出的声音不仅能欺骗雄驼鹿，也能欺骗警觉的雌驼鹿，或者一头尾随其后的大熊，有时候，甚至还能骗过经验丰富而又有着敏锐洞察力的樵夫。派德勒先吹了两三声桦树皮做的小乐器，然后停下来聆听了几分钟。他相信在这样一个充满魅力的夜晚，他凭借自己发出的富有欺骗性的召唤，很快就能吸引雄驼鹿前来。

雄驼鹿走路时发出的声响非常轻柔，就像猫头鹰飞行时发出的声响一样，但它响应雌驼鹿的召唤时，有时候会在林中灌木丛里横冲直撞，用大鹿角挑衅地抽打着树枝。

周遭一片宁静，雄驼鹿还没有来。派德勒注视着沙滩上的空地，然后，他又低头看了看身边斑驳的阴影，这时，一只老鼠无意中发现了他伸出的一条腿，惊恐地尖声叫着逃跑了。派德勒看了一两秒钟，等他再抬起头时，看见月色笼罩的沙滩上站着一头黝黑的雄驼鹿，这头驼鹿体形庞大，它正抬着头，张着大嘴寻找召唤声音的来源。

这头雄驼鹿长着一对高贵的鹿角，猎人们通常会以拥有这种鹿角为荣。

　　派德勒没有举起步枪，他看见自己引诱来了一头雄驼鹿，并没有感到欣喜，而是不耐烦地皱了皱眉头。新不伦瑞克省的捕猎法十分严格，要求每个猎人在一个季节内只能射杀一头雄驼鹿。派德勒想要寻找的是一头与众不同的雄驼鹿，耸立在他眼前的大家伙也算个尤物，可仍然不是派德勒心中最理想的目标，他并不想把子弹射进这个长着大鹿角的脑袋里。

　　雄驼鹿听见了雌驼鹿的召唤，但在沙滩上并没看见雌驼鹿的踪影，起初，雄驼鹿感到迷惑不解，后来变得怒气冲冲，可能是以为对手领先自己找到了雌驼鹿。雄驼鹿开始用一个大蹄子"噼噼啪啪"地刨沙子，鼻子里发出很大的响声，嘴里还发出响亮的哼声，800 米以内的竞争者都会听见它的声音。刨了一会儿沙子，雄驼鹿趾高气扬地走到最近的树丛里，用鹿角猛烈地撞击灌木丛，仍然没有对手赶过来接受他的挑战。

　　雄驼鹿终于心灰意冷，背对着派德勒藏身的灌木丛呆呆地站着。派德勒一向很幽默，他狡黠地一笑，再次把桦树皮做的小乐器放到嘴边吹了一下。派德勒对自己吹奏产生的效果还没做好准备，雄驼鹿就闪电般转过身，迅速朝着灌木丛扑过来。

　　现在的形势糟糕透了，派德勒暗骂自己是一个粗心大

意的傻子，同时举着步枪站起来。派德勒还是不想射杀这头雄驼鹿，而且也想做个试验。"滚远点！"派德勒厉声命令道，声如洪钟，"走开，我告诉你，马上走开！"

雄驼鹿突然停止了攻击，蹄子在沙滩上留下了两道沟。雄驼鹿认为灌木丛里藏着十分奇怪的东西，起初，传来的是雌驼鹿的召唤声，后来又传来了男人的声音。男人的腔调让雄驼鹿不寒而栗，它在原地一动不动地站了几秒钟，瞪着那片莫名其妙的灌木丛。雄驼鹿的眼睛里原本是傲慢的眼神，现在却变成了担心和恐惧。雄驼鹿变得惶恐不安，猛地一下子跳到一边，然后跌跌撞撞地穿过树林跑远了，好像后面有妖魔鬼怪在追赶它。

灵犀一点

派德勒能用桦树皮吹出雌驼鹿召唤雄驼鹿的声音，他凭借这个技能吸引驼鹿。细心观察一下就会发现，我们的生活中，有能力选择自己人生的人，都至少有一技之长。

第二章　发动袭击

雄驼鹿不理会派德勒的冷幽默，继续发动攻击，它意识到用前蹄或者盛气凌人的鹿角都够不着敌人……

望着远去的雄驼鹿，派德勒低声笑了笑，然后伸了个懒腰坐下来，他再次吹起桦树皮试试自己的运气。接下来的几个小时，派德勒耐心等待着，他每隔一会儿就吹几声桦树皮做的小乐器，变换着声调，把自己最高超的技艺展现出来。宁静的夜色下，他没有引诱到任何一种动物，睡意却一阵阵袭来，他实在忍受不下去了。

"我猜，今天晚上，长着不对称鹿角的雄驼鹿一定没经过这里。"派德勒小声嘀咕着，一边打着呵欠站起来，"我可要睡觉去了。"他用一只胳膊夹着步枪，另一只胳膊夹着桦树皮做的小乐器，沿着月光普照的沙滩离开了，他

向着水湾走去，那里藏着他的独木舟。

派德勒轻快地划着独木舟，朝着小湖北面地势较低的地方划去，他的营地就扎在出水口一个地势较高的山坡上。派德勒一边划着独木舟，一边想着心仪的雄驼鹿，那是一头非同寻常的驼鹿，为了寻找那头驼鹿，派德勒才来到这个陌生而遥远的地方。

根据两个设捕兽夹的印第安人的描述，这头雄驼鹿的体型在当代驼鹿史上绝无仅有，派德勒曾经在出水口附近的泥地里看见过他那巨大的蹄印，简直像是史前怪兽留下的印记。派德勒慕名来捕捉这头庞大的雄驼鹿更是因为鹿角，印第安人说它的鹿角和以前见过的所有雄驼鹿的鹿角都不一样：右边的鹿角硕大无比，高度和宽度都至少超过历史纪录，鹿角的形状倒没有什么特别。左边的鹿角很小，还没有一般鹿角的一半大，而且还变了形，没有向上生长，而是向下生长。这样的鹿角实在太特殊了！派德勒决定要抢在一些英国或者美国来的猎人前面，得到这对不对称的鹿角。

派德勒到达湖泊的出水口后，把独木舟停在帐篷下方一块长满青草的地上，然后，他沿着湖岸走了大约几百米，穿过灌木丛，来到他早晨发现的一处泉水边。派德勒走这么远的路到这里，就是想喝冰凉的泉水，他不喜欢喝无味的湖水和溪水。

　　派德勒趴在满是石子的泉水边上，刚喝了一大口甘甜的泉水，就听见身后的灌木丛里突然传来一声巨响。派德勒猛地站起来，一个箭步跳过泉水，拼命地向距离自己最近的一棵树跑去，后面紧紧追赶他的是一头体型如大象的雄驼鹿。

　　离派德勒最近的树是一棵年轻的桦树，派德勒希望能找到一棵大树，但他没时间挑三拣四，只好马上往这棵最近的树上爬，爬到了安全的高处，所谓高处只能勉强保证他的安全。雄驼鹿追到桦树下，突然停住了脚步，几乎同时抬起了右前蹄，此时，雄驼鹿的右前蹄高过了头顶，像闪电一样迅速向派德勒的脚发起攻击。雄驼鹿没有伤到派德勒的脚，它的前蹄像一把锋利的小刀，削到了派德勒结

实的牛皮长筒靴。派德勒又往上爬了爬，然后饶有兴趣地往下看着攻击者。

"终于找到你了！你这个鹿角不对称的老家伙。"派德勒兴奋地说，还往下朝着那只形状奇怪的左侧鹿角吐了口唾沫，他吐唾沫并不是出于蔑视，而是似乎想标记一下他的猎物。"哎呀！那些印第安人可从来没有说过你长得这么黑，脾气这么暴躁。现在，我希望你发发慈悲，让我回独木舟上拿回我的步枪吧！"

雄驼鹿不理会派德勒的冷幽默，继续发动攻击，它意识到用前蹄或者盛气凌人的鹿角都够不着敌人，就想凭借着力量和体重的优势，试图把树推倒。雄驼鹿的后腿站立起来，用前腿抱着树干使劲地摇晃，并不粗壮的树干在雄驼鹿的猛烈摇晃下开始晃动起来。派德勒两只胳膊紧紧地抱住树干，他多么希望刚才能找到一处更加坚固的避难所啊！

雄驼鹿疯狂的袭击持续了大约 5 分钟，它发出机车一样的叫声，后蹄在地上犁出了一道道沟。后来，它好像判断出推倒这棵树并不容易，便往后退了几米，向上瞪着树上的派德勒，它轻蔑地喷着气，摇晃着不对称的大鹿角，好像要把对手引诱下来。派德勒知道这是雄驼鹿向自己发起挑战，也很清楚雄驼鹿的意图，好像是雄驼鹿用最纯正的英语向他传达了自己的意图。

"好吧!"派德勒冷酷地说,"我会下来的。我下来后,你不会有好下场。你注意点,我可警告过你了!"

雄驼鹿又发起了新一轮进攻,坚持不懈地用前蹄刨树,向着派德勒怒吼,足足持续了半个小时,这一点让耐心十足的派德勒感到十分敬畏,也更加下定决心要得到这对鹿角。突然,气急败坏的雄驼鹿停止了攻击,站在那里一动不动地聆听起来。派德勒也听到了声响,从湖泊的上游传来了微弱的雌驼鹿的召唤声。雄驼鹿竟然忘记了攻击派德勒,像猫一样敏捷地转过身去,沿着湖岸飞快地跑了。

派德勒的身子冻得僵硬,浑身打着寒战,毕竟深秋的夜晚寒意十足。他从树上爬下来,又回到泉水那里继续喝水。喝完水,派德勒回到独木舟旁边,站在那里踌躇了一会儿,他在想是否应该马上跟踪雄驼鹿呢。天快要亮了,派德勒感到疲惫不堪,而且饥肠辘辘,他认为雄驼鹿与雌驼鹿相会后,不会走得太远,它们会找一片茂盛的灌木丛,先睡上几个小时。派德勒拿起步枪,迈着大步回到了帐篷里,他决定为第二天的长时间跟踪养精蓄锐。

灵犀一点

　　雄驼鹿攻击派德勒的时候，表现出了惊人的勇气和坚忍不拔的意志，猎人很欣赏雄驼鹿的这种品质。爱迪生说过，伟大人物的明显标志，就是他的坚强意志。只有从小培养坚强的意志，才能够在以后的学习和生活中勇于探索，提高克服困难的勇气。

第三章　识破骗局

　　雄驼鹿慢慢地靠近灌木丛，直到能看清楚派德勒藏身的地方，它看到了什么呢？

　　派德勒十分了解野生动物，可他对这头雄驼鹿的认识并不正确。这头鹿角不对称的雄驼鹿外形和鹿角与众不同，它的习性同样如此。

　　第二天日出后，派德勒来到湖泊的入水口，也就是雄驼鹿与雌驼鹿相会的地方。雄驼鹿和雌驼鹿正是从这里返回，朝着低矮的山脉跑去，这个山脉是向东流淌和向西南流淌的小溪的分水线。派德勒沿着驼鹿的踪迹一路跋涉，中午时分在一片灌木丛里发现了雌驼鹿，雌驼鹿因为昨天跑得太快而疲惫不堪，正躺在灌木丛里睡觉。然而，这里并没有雄驼鹿的影子。派德勒依然精神饱满，一直没有停止前进的脚步。

　　一整天，派德勒都锲而不舍地跟踪雄驼鹿的踪迹。他穿过山脊，越过一片荒芜的土地，在日落时分来到另一个宽阔而又宁静的湖泊。派德勒认为雄驼鹿并没有意识到有人在跟踪它，肯定会在这个惬意的地方徘徊。于是，派德勒找了一块干燥平坦的大石头安顿下来，在那里睡了几个小时。派德勒完全没有料到雄驼鹿会按原路折回，偷偷地跟踪了他整整半个小时。雄驼鹿现在并没有生气，只是充满好奇地望着他。

　　此时，月亮从地平线上升起来，慢慢地爬上树梢。派德勒悄悄地穿过灌木丛，找了一处藏身的地方。这时，他那敏锐的眼神落到沙滩附近的岩石脚下，那里有一块宽敞而又平坦的礁石，前面还长着一片幼小的云杉树。雄驼鹿站在另外一片云杉丛的后面，距离云杉丛不到50米的距离，它像一棵枯树一样站在那里一动不动，用探索者的目光饶有兴致地看着派德勒。雄驼鹿好像已经忘记了前一天晚上的怒火，甚至忘记了发生过什么。

　　几分钟后，黑暗的树丛里传来了雌驼鹿的召唤声，声音打破了夜空的寂静，雄驼鹿知道有个人蹲伏在那片树丛里，更加惊愕不已，眼睛和鼻孔都张得大大的，它在想：雌驼鹿怎么了？怎么敢离危险的人类这么近？它睁大眼睛

　　仔细看了看，确信人藏身的地方并没有雌驼鹿。可是雌驼鹿在哪儿呢？刚才明明听到它的叫声了。雄驼鹿焦急地环顾着四周，仍然一无所获，它又嗅了嗅周围的空气，也没有嗅到雌驼鹿的气息。雄驼鹿又向前伸了伸听觉灵敏的大耳朵，再次听见了雌驼鹿的召唤，而且它确定声音一定是雌驼鹿发出来的。这一次，雄驼鹿不再有什么疑惑了，声音确实是从灌木丛里传出来的！如果雌驼鹿的召唤声里有丝毫害怕的话，勇敢的雄驼鹿会认定是人把雌驼鹿藏起来了，会马上冲过去营救它。可是现在雌驼鹿的召唤声里并没有流露出一丝一毫的恐惧，这让雄驼鹿更加疑惑不解。

　　雄驼鹿一心想看个究竟，它确保自己待在黑暗的地方，然后小心翼翼地向前移动着，好像自己也是黑暗阴影的一部分。雄驼鹿慢慢地靠近灌木丛，直到能看清楚派德勒藏身的地方。雄驼鹿看到的只有岩石、苔藓、灌木和一个蹲伏着的男人。这个男人正盯着前方月光下的沙滩，嘴里含着一块形状奇怪的、卷曲的树皮，除此以外，别无他物。这时，从灌木丛里又传来了雌驼鹿那沙哑的召唤声。

毫无疑问，雌驼鹿的召唤声是蹲伏的男人发出来的，是从他嘴边那块卷曲的树皮发出来的。

这简直不可思议！雄驼鹿终于识破了人的骗局，脖子和肩膀上的黑毛都直立起来，它内心的怒火也升腾起来。现在，雄驼鹿依然疑心重重，并没有急于冲过去把眼前的骗子踩在蹄子下面，它呆呆地站着，眼睛里冒出了愤怒的红光。

灵犀一点

雄驼鹿胆大心细，它小心翼翼地跟踪派德勒，尽自己的最大努力，最后终于明白了雌驼鹿的召唤声是人发出来的。无论做什么事情，有了目标就应专心致志，全力以赴，才能把理想变为现实。

第四章　意外之敌

派德勒没有想到会出现这个意外之敌，还没来得及意识到发生了什么，他那训练有素的直觉便告诉自己应该怎么做……

派德勒做梦也没有想到，雄驼鹿就在自己的身后，自己梦寐以求的雄驼鹿，威力无穷的雄驼鹿，竟然离自己这么近。

派德勒再一次把桦树皮做的小乐器放在嘴边，连续吹了好几声，而且拿出了自己最高超的技艺，把雌驼鹿的召唤声模仿得惟妙惟肖，他确信自己的努力会换来回报。事实上，派德勒的努力的确很快换来了回报。

没想到，吹桦树皮发出的声音很像雌驼鹿的叫声，竟然引来了一头饥肠辘辘的大熊。这时，大熊从岩石的另一

215

端慢慢地靠近派德勒藏身的地方。大熊知道，要想抓住雌驼鹿这样敏捷的动物，唯一的方法就是像猫一样悄无声息地慢慢靠近，然后迅速出击，出其不意地制伏雌驼鹿。这头熊自始至终都认为躲在岩石后面的是一头雌驼鹿，没有起半点疑心。当熊离着声音的来源处只有4米时，便从蹲伏状态转变成直立状态，然后奔跑着穿过茂密的树枝，"嗖"地一下扑向派德勒。

　　派德勒没有想到会出现这个意外之敌，还没来得及意识到发生了什么，他那训练有素的直觉便告诉自己应该怎么做。派德勒半蹲着身子，把自己的步枪拉过来，然后转过身，从屁股的位置朝正扑向自己的可怕而又模糊的身影开了一枪。派德勒的枪法很好，但这次并没有射中目标，因为他扣扳机的时候，熊的一只大掌疯狂地拍在步枪上，把枪打到了灌木丛里。

派德勒飞快地扭了一下脖子，他拼命地向后躲闪，恰好躲过了扑向自己的另一只熊掌。派德勒躲过了致命的熊掌，却一头栽进了岩石的裂缝里，卡在里面动弹不得。派德勒不由自主地浑身颤抖，他蜷起双腿，屏住呼吸，绝望地等待无情的熊掌撕裂自己的大腿。

派德勒惊恐地闭上眼睛，等待着厄运降临，几秒钟过去了，熊并没有再次攻击派德勒。紧接着，派德勒听见从身后传来了一阵骚乱，一阵怒吼和咆哮声，其中还夹杂着灌木丛发出的稀里哗啦的巨大响声，听上去好像是蒸汽压路机要压扁森林的声音。派德勒感到无比惊讶，他睁开眼睛，猛地从裂缝里挪出来，向四周环顾。派德勒一看见眼前的景象，急忙拔腿向高处的岩石跑去，这样他就能处在一个相对安全的位置观看两个庞然大物的决斗，他从来不敢想象自己能够亲眼看见这种场景。

熊是被雌驼鹿的叫声吸引来的，它小心翼翼地靠近，然后迅速扑向发出声音的地方，它没有发现雌驼鹿，却看到了一个男人，它惊讶不已，竟然停止了攻击。幸亏熊犹豫了几秒钟，派德勒才有机会从裂缝里逃出来。

当熊发现自己受了欺骗时，它怒火冲天，气势汹汹地

217

向卡在裂缝里的人扑过去。就在熊即将发起进攻的一瞬间，熊感觉仿佛从灌木丛里刮来一阵龙卷风，没等它反应过来，已经受到了雄驼鹿蹄子和鹿角的攻击。熊的肋部中间部位划出了一道长口子，鲜血淋漓，疼痛难忍。现在，熊不得不为保全自己的性命而战斗。

灵犀一点

　　派德勒吹出雌驼鹿的鸣叫声想引来雄驼鹿，没想到竟然引来了一头熊。在生活中，很多事情都是双刃剑，我们对事情要进行全面分析和认识，尽量避开有害的方面。

第五章　高手对决

这场熊和驼鹿的战斗，堪称森林中的高手对决，让一旁观战的派德勒大开眼界……

原来，雄驼鹿发现雌驼鹿的召唤声是一个男人发出的，它愤怒地要向这个男人冲过去，迫使他不再发出带有欺骗性的声音。这时候，雄驼鹿却被身材魁梧的熊挡住了，于是便把怒火发泄在熊身上。雄驼鹿本来就很生气，而且熊和鹿自古以来就是世仇。雄驼鹿很小的时候，凭着机智敏捷多次从危险的熊掌下逃脱，它还亲眼看见熊把幼小的雌驼鹿击倒，把雌驼鹿撕成碎片。雄驼鹿对熊根深蒂固的憎恶，是它向熊发起攻击的另外一个原因。

刚才，因为一个男人发出雌驼鹿的声音，雄驼鹿怒火中烧。现在，眼前又出现了一头熊，雄驼鹿隐隐约约地感觉到，一直折磨自己的神秘事件是由这头熊造成的。本来，有一头雌驼鹿在召唤自己，接着，雌驼鹿消失了，这里却出现了一头熊。那一定是这头熊吃掉了雌驼鹿，它要为雌驼鹿报仇！雄驼鹿忘记了灌木丛中的男人，转而开始迅猛地攻击熊。

这头熊算是北方地区体形最大、脾气最暴躁的熊之一，它曾多次与雌驼鹿和雄驼鹿交过战，从没失败过。但是，这头鹿角不对称的雄驼鹿却是强劲的对手。这场熊和驼鹿的战斗，堪称森林中的高手对决，让一旁观战的派德勒大开眼界。

雄驼鹿锋利的前蹄在熊的肋部划出一条大口子，熊惊慌失措，迅速屁股着地坐下来，压着自己粗壮的后腿，并

且抬起了前掌。熊如同一个训练有素的拳击手,轻巧地躲过了雄驼鹿接下来致命的一击。熊的肩膀和前臂都十分有力,如果它用熊掌给雄驼鹿一击,不管打到雄驼鹿的哪根骨头上,都能把雄驼鹿的骨头打断。雄驼鹿腾挪躲闪,熊气势汹汹地打了几掌,却只伤到雄驼鹿的皮毛。这头雄驼鹿虽然身材高大,却异常敏捷。

雄驼鹿试图打倒强劲的对手,在几次旋风般的躲闪之后,它往后一跳,使出了撒手锏。雄驼鹿攻击非同类对手的惯用方法是依靠自己攻击性极强的前蹄,但是这一次它改变了策略。只见雄驼鹿低下头,右边巨大的鹿角就像是一把刺刀,向外凸出来,然后,它以最快的速度向对手冲过去。

雄驼鹿力大无比,如果直接交手,面对雄驼鹿的进攻,熊几乎抵挡不住。这头熊也非常聪明,它没有直接去迎接对手的攻击,而是先躲到一边,然后紧紧抓住雄驼鹿左边较低的鹿角,试图把对手扳倒。

雄驼鹿的力气和冲击力太大了,熊发起攻击的时候,身体失去了平衡。本来熊可以站起来,再一次向雄驼鹿发起攻击,但它自始至终都没有想到雄驼鹿向下生长的左侧鹿角是一个致命的武器。雄驼鹿下垂的鹿角可不是白长的,变了形的短鹿角像犁头一样向下耷拉着。熊想尝试着去攻击雄驼鹿的左鹿角，但左鹿角已经刺进了熊的肚子，并向上顶了一下。此时，熊感到疼痛难忍，向后跌倒在地。雄驼鹿转过身来，乘胜追击，竭尽全力把它那致命的犁头一样的左鹿角插进了熊的心脏。

躲在高处岩石上的派德勒看到眼前的场景，欣喜若狂，大吼大叫，拍手称赞，由衷地为获胜的雄驼鹿感到高兴。在接下来的一两分钟里，雄驼鹿并没有注意到派德勒，而是全神贯注地用角顶、用脚踩这头大熊，它想让熊面目全非，想让熊看上去就像是一块染满血迹的地毯。最后，雄驼鹿好像对自己的胜利感到心满意足，便抬起沾满熊血的脑袋，看着岩石上兴高采烈的男人，这个人看起来好像对它并没有恶意。

"哎呀，你打起架来很勇敢！"派德勒对雄驼鹿啧啧称赞，甚至钦佩得满脸放光，"今天晚上你救了我一命。不管怎么说，我都会让你自己留着那两只不对称的鹿角。"

雄驼鹿转过头去，又朝着毫无反应的熊的尸体刺了一下。接下来，它不再理会岩石上的派德勒，只希望能减轻伤口火烧火燎的刺痛。雄驼鹿大步迈入湖水中，在皎洁的月光下，向着黑黢黢的对岸游去。

灵犀一点

　　动物有动物的生存法则，在动物界里我们见识了一个真正弱肉强食的世界。人有人的生存法则，我们不仅应该与动物和谐共处，还要懂得感恩与回报。